어른의 기분 관리법

감정에 휘둘려 손해 봤던 어른을 위한 조언

손힘찬, 이영탁, 이현정, 승PD
박은주, 아이릿, 이주희, 김영미, 이민영

어른의
기분
관리법

손힘찬 이영탁 이환정 숭PD 박은주 아이릿 이주희 김영미 이민영

 ascending

이 세상에 사는 사람들 중 얼마나 자신의 감정을 알아차
리고 표현할까? 일상적인 대화에서 물론, 나의 깊은 속내
를 드러내야만 할 때 그리고 나의 속상함이나 서운함, 화가
났을 때 어떻게 그걸 말로 풀어갈지 막막한 순간이 많다.

대화에서 적합한 감정 표현보다 적당한 표현으로 둘러댄
다. 우리들은 확실하지 않지만 적당히 감정표현을 하며 속
으로는 다른 생각을 하거나 대화를 마친 뒤 시뮬레이션을
돌리고 집에서 생각한다.

'아! 그렇게 말할걸!'

이때 후회해봐야 늦는다. 그래서 책을 읽고 전문 서적을
찾거나 관련 방송을 찾아본다. 나의 고민을 포털 사이트에
서 검색한다. 인스타그램이나 유튜브에서는 관련 알고리즘

동영상이 뜬다. 내가 필요했던 정보를 찾고 위안을 받거나 배우곤 한다.

흥미로운 사실은 나의 기분이 어땠는지 한 순간에 알아차리고 대화한다는 게 전문가도 어려운 일이라는 점이다. 아니 과연 얼마나 많은 사람이 매사에 자신의 기분을 알아차리며 살아갈까?

어느 정도 정형화된 콘텐츠는 누구나 이해할 수 있도록 제작하는게 대부분이다. 쉽게 말하면 대중성 있는 콘텐츠와 글은 누구나 아는 내용일 가능성이 높다는 것이다.

오해는 하지 않기 바란다. 그만큼 당신은 이전에 비하면 지적수준이 높다는 뜻이고 또 우리는 그만큼 전문가의 견해도 알아들을 정도로 많은 정보를 접했다는 것이니까. 그럼 무엇이 문제일까? 우리들은 새로운 지식을 알지 못해서 실천 못하기보다 스스로 자각을 하지 못하는 경우가 더 많다.

상대에게 막말하거나 관계가 틀어진 뒤에 '그땐 너무 감정적이었어 미안해..' 라고 말해도 그때 그 당시의 대화법이 잘못됐는지 옳은 건지는 아무도 모른다.

대화할 때마다 객관성을 유지한 심판을 곁에 두며 대화할 것인가? 정말 말같지 않은 소리라는 걸 독자분도 느낄 것이다. 그렇다면 어휘력 부족 때문에 그럴까?

우리는 충분히 일상속에서 대화할 수 있을 만큼의 어휘력은 충분히 가지고 있다. 매일 텍스트로 카카오톡 메신저나 문자로 의사전달을 하고 매일 쏟아지는 소셜미디어 영상과 글을 읽는다.

대인관계 속에서도 말그대로 적합한 단어로 표현하지 못해도 적당히 표현 할 수 있는 임기응변을 대다수가 가지고 있다.

감정은 복잡하고 때로는 모순적일 때가 많다. 예를 들어, 우리는 종종 "화가 났다"고 말하지만, 그 화의 뿌리가 무엇인지는 자세히 들여다보지 않는 경우가 많다.

화가 난 상황을 더 깊게 파고들어보면, 그 감정의 근원에는 실망, 무시당함, 또는 불공정함에 대한 느낌이 숨어있을 수 있다. 친구와의 약속을 기다리는 중에 그 친구가 지각을 하여 당신이 화가 난 상황을 생각해보자.

이때 단순히 화가 난 것이 아니라, 그 지각으로 인해 당신의 시간이 소중히 여겨지지 않는다고 느꼈거나, 친구가 당신을 존중하지 않는다고 느낄 수 있다. 이렇게 구체적인 상황을 통해 감정의 근원을 들여다보면, 감정을 더 명확히 이해하고 표현할 수 있다.

또 다른 예로, 직장에서의 스트레스를 생각해 볼 수 있다. 단순히 "스트레스를 받는다"고 표현하는 것보다, 그 스트레스의 근원이 무엇인지를 구체적으로 파악하는 것이 중요하다. 이는 과도한 업무량, 인정받지 못하는 느낌, 또는 동료와의 관계 때문일 수 있다. 이렇게 감정의 근원을 구체적으로 파악함으로써, 해결책을 찾는 데 있어 더 명확한 방향을 제시할 수 있다.

서운함을 느낀 경우도 마찬가지다. 친구나 배우자가 중요한 순간에 당신을 지지해주지 않았을 때의 서운함은, 기대와 실제의 괴리에서 비롯된 것일 수 있다.

마음속 감정은 화가의 팔레트와 같아서 다양한 색으로 가득 차 있다. 밝은 색상은 기쁨과 사랑을, 어두운 색상은 슬픔과 두려움을 나타낸다.

빈센트 반 고흐의 '별이 빛나는 밤'은 강렬한 색채와 역동적인 브러시스트로크로 유명한데 내면의 갈등과 동시에 숭고한 아름다움을 표현했다. 우리 삶은 이 색들을 섞어 새로운 색조를 만들어내는 과정이다.

변화무쌍한 감정의 스펙트럼은 우리를 깊은 사색에 잠기게 하며, 자신을 이해하고 관리하는 법을 배우도록 이끈다. 어른이 되어가는 과정에서 감정의 복잡성을 받아들이고 이를 적절히 다루는 것은, 평생 죽을 때까지 노력해야 할 과제 중 하나일지도 모른다.

어른의 기분 관리법은 단순히 감정을 억제하거나 피하는 것이 아니다. 오히려, 감정을 인정하고 이해하며, 그것들을 건강한 방식으로 표현하는 데 있다. 감정의 바다는 때때로 폭풍우처럼 격렬할 수 있으나, 우리가 그 파도를 읽고 이해하는 법을 배운다면, 그것을 넘는 것이 가능해진다.

우리에게 필요한 건 자신의 감정을 인지하고 이를 언어로 전환하는 능력이다.

어른이 되어가는 여정에서 감정의 복잡성을 이해하고 관리하는 것은 쉽지 않은 일이지만, 결코 불가능한 일은 아니다. 우리 각자는 자신만의 방식으로 감정을 탐색하고, 그것들과 평화롭게 공존하는 방법을 찾아낼 수 있다.

이번 책에서는 나를 제외한 8명의 저자의 성숙한 어른이 되기 위한 고찰이 담겨있다. 더 이상 불편함과 동질감 사이에서 겉표면식으로 감정 표현과 대화를 하지 않기 바란다.

이를 반복하다보면 결국 자기 사랑의 부재와 같은 감정의 복잡함까지 내게 나타나서 자신을 사랑하는 법을 모르는 것이 외로움의 근원인지, 혼자 내린 결론이 정답이 될 수 없는지 내게 질문하며 감정의 딜레마를 겪게 될 테니 말이다.

당신의 감정을 말로 현명하게 표현할 수 있기를 그것을 넘어 자신에게 더 솔직해질 수 있는 용기를 갖기를 바란다. 내 감정의 진실을 마주한다는 건 고단하고 높은 수준의 실행력을 요구할 것이다. 그럼에도 인간적 연결의 결여가 생겨 우리 모두 관계가 끊어지고 외로워지는 것보다 낫다.

이 책을 읽는 독자님 내면 안에 일어나는 갈등, 그것이 사회적 압력과 주변의 시선에서 얻는 부담감으로 작고 큰 고민이 있다는 것을 안다.

그럼에도 당신이 찾는 진정한 모습을 탐색하는 여정에서 글 하나하나에 담긴 단어와 문장이 외로움과 고통을 겪는 이에게는 희망의 메시지로 전달 되길 바란다.

반면 이미 동심 속에 살고 있다면 자신도 몰랐던 감정의 층을 발견하여 상상하는 원하는 삶을 살아가는 데 있어 날개가 생기기를 진심으로 바란다.

차례

프롤로그 ·04

PART 01

손힘찬

매일 마주하는 기분을 관리한다는 건 ·15

감정을 억누르다 보면 생기는 일 ·21

감정에는 좋고 나쁨이 없다 ·25

감정의 종류에 대하여 ·28

내 기분을 다스리는 법 ·38

당신은 선택할 수 있는 사람이다 ·45

PART 02

이영탁

감정의 3가지 측면 ·51

마음 정리를 위한 3가지 실천 습관 ·70

콤플렉스 극복하게 해준 말 ·78

PART 03

이현정

좋은 날이 있으면 나쁜 날도 있다 ·85

스트레스가 일상이 되지 않게 ·92

슬픔 속의 기쁨, 아버지의 장례식 ·98

PART 04

승PD

용기를 내서 도전해도 실패가 두렵다면 ·105

마음의 균형 맞추는 법 ·111

감정의 목소리와 이성의 논리가 부딪힐 때 ·125

PART 05

박은주

서툰 어른의 감정 표현법 ·133

우울증, 머물지마라. 그 아픈 기억에 ·137

편지의 힘 ·144

PART 06

아이릿

감정의 파도를 극복하는 명상법 ·151
예전은 몰랐지만 지금은 알게 된 이야기 ·158
디지털 설탕을 줄이는 SNS 다이어트 가이드 ·163

PART 07

이주희

육아에서 나를 찾다. 부모의 기분 관리법 ·169
자신에게 슬퍼할 시간을 허락하라 ·173
인간관계에서의 거리 조절법 ·177
무례한 사람에게 센스있게 대처하는 법 ·181

PART 08

김영미

지나친 자신감과 자기비하 ·187
체력이 좋은 태도를 만든다 ·191
강철 멘탈이 되기 위해 뛰어라 ·195
고독에서 찾는 연결 ·202

PART 09

이민영

충분히 가진 것처럼 느끼면서도 불만족 할 때 ·211

트라우마 치유, 세상과 연결되다 ·218

감정을 잘 아는 사람의 관계는 다르다 ·224

어른의 기분관리법, 전문적인 심리치료와 셀프 치료 방법 ·230

부록

글쓰기의 기본 원칙 ·245

감정 글쓰기 ·250

치유의 글쓰기 ·255

에필로그 ·264

제1장

손힘찬

매일 마주하는
기분을 관리한다는 건

매일 수많은 감정을 맞이하는 우리, 그중에서도 잠식당하기 쉬운 감정은 우울감이다. 나를 무기력하게 만들고 삶의 의욕도 사라지게 만드는 감정이다. 우리의 일상을 지배 한 뒤에는 희망을 내려놓게 만들고 절망감을 안겨준다. 하루종일 멍하고 식욕도 없고 잠도 잘 못잔다면 우울감 지수가 높을 것이고 심각하면 아예 정신질환까지 갈 수 있으니까.

매일 내 기분을 살피고 자신을 살펴볼 필요가 있다. 이러한 감정에 휩싸일 때, 우리는 종종 자신이 겪고 있는 어려움에서 벗어나기 위해 어디서부터 시작해야 할지 모르겠다고 생각할 수 있다.

우선 확실하게 짚고 넘어가야 할 게 있다. 임상 심리학자들이 질환에 대해 확인하는 방법이 여러 가지 있는데 그중 하나를 소개 하겠다. '진짜 우울한가?', '우울증인가?' 등 자신에게 질문 해보자.

원인이 알고보니 극도의 불안감을 느꼈거나 무언가에 집착하고 있을 수 있다. 부정적 감정도 종류가 너무 다양하다.

정확히 어떤 상태인지 구분해야한다. 정말 내가 느끼고 있는 게 우울감이 맞다면 다음 질문으로 넘어가자.

우울증에 걸린 상태일까? 아니면 지금 상태가 좋지 않은 걸까? 혹은 우울증인데 상태가 심해진 걸까? 우울증에 걸린 사람중에서는 겉보기에 인생이 나쁘지 않은 사람도 꽤 있다.

원만한 친구 관계에 가정도 있고 번듯한 직업에 종사한다. 소속된 것이 있고 술이나 담배에 중독되지 않고 시간 관리까지 자기 관리를 잘하는 듯한 모습을 보면 겉보기에 완벽하다.

이렇게 건강한 삶을 사는데도 기분이 좋지 않다면 우울증이 맞을 수 있다. 하지만 우울증이 아니라 단지 끔찍한 삶을 살고 있다면 어떨까.

인간관계는 모두 끊겼고
가족들은 나를 미워하고
사랑하는 사람도 떠나고
인생 계획은 없다면

딱히 직업도 없고
술과 자극적인 것에 의존하며
내가 어떤 성취도 느끼지 못했고
무엇보다 앞으로 나갈 의지가 없다면 어떨까?

　내가 정말 의학적으로 우울증이 맞다면 약을 먹거나 충분한 영양을 섭취하고 잠을 잘자면 된다. 하지만 그저 끔찍한 삶을 살고 있다면 본인의 삶이 최악이라는 걸 인정하는 게 첫 번째다. 그리고 하나씩 해결해야 한다.
　그동안 귀찮다는 이유로 미루어왔던 일들을 차근차근 해나가는 것이다. 방을 정리하고, 설거지를 하며, 주변을 깨끗이 정리해보라. 이러한 단순한 행동들은 우리의 마음에도 정리를 가져다줄 수 있다.

방 청소가 뇌 청소라는 말이 있다. 실제로, 정돈된 공간은 우리의 정신에 긍정적인 영향을 미치며, 우울함에서 벗어날 수 있는 동력을 만든다.

공간이 주는 힘은 대단히 크다 볼 수 있다. 우리가 사무실에 들어서거나, 같은 목적을 가진 사람들과 함께하는 공간에 있을 때, 우리는 더 집중하고, 더 많은 에너지를 느끼게 만든다.

일상생활의 에너지가 달라진다. 만약 우울함 때문에 방이 어지럽혀져 있다면, 청소를 시작으로 삼아보라. 때로는 그 안에서 우리를 우울하게 만든 원인을 발견할 수도 있다. 이를 기점으로 자신의 문제를 스스로 하나씩 해결해야 한다.

우울한 기분이 들 때마다, 몸을 움직이고, 햇볕을 쬐며, 방을 청소하는 것만으로도 기분이 나아질 수 있다. 내가 부족해서 우울함에서 벗어나지 못하는 것이 아니다.

단지 우울함에서 어떻게 벗어날 수 있는지를 몰랐을 뿐이다. 단순하지만 정답은 아주 가까운 곳에 있다.

우울한 사람들이 겪는 압도적인 무력감과 무망감은 마치 살아 움직이는 어둠처럼 느껴질 수 있다. 현실감이 사라질 정도로 강한 두려움에 직면했을 때, 우리는 우리가 서 있는 곳이 추락하는 것처럼 느낄 수 있다. 이러한 상황에서도, 우리는 반드시 자신을 위해 싸워야 한다. '왜 살아야 하지?'와 같은 질문보다는 '어떻게 해야 하지?'를 스스로에게 묻는 것이 중요하다. '왜?'가 어딨는가. 그냥 하면 된다. 단순히 행동해야 할 때는 의문형보다는 있는 그대로 행동에 옮기는 게 가장 빠른 해결 방법이 될 수 있다.

방을 가득 채우는 물건과 어질러진 공간, 내가 그동안 방치했던 감정이라 생각하고 정리 하는 것이다.

규칙적인 운동, 꾸준한 공부, 심리치료, 약물 복용 등 우울증을 극복하기 위해 시도할 수 있는 다양한 방법이 있다.

이 모든 과정은 결코 쉽지 않지만, 우리는 이를 통해 점차 나아질 수 있다.

기억해야 할 것은, 삶에 꼭 큰 의미가 있어야만 하는 것은 아니라는 점이다. 살아있는 것 자체가 의미다. 우리의 존재는 이미 충분한 가치가 있으며, 우리가 해야 할 일은 단지 하루하루를 수습하며 살아가는 것뿐이다.

언젠가는, 우리의 일상 속에서 의미를 발견하게 된다.

'그래? 해볼까'라는 가벼운 마음으로 해보라. 막상해보면 별 것 아닌 경우가 많다.

실제로 인간의 머릿속에 존재하는 뉴런은 새로운 습관이 생기면 새롭게 뉴런이 만들어진다. 작은 실천을 1일, 3일, 5일, 10일, 30일, 100일을 반복하면 생기는 것이다. 작은 성취가 거대한 변화를 만든다.

한 번 눈덩이가 구르기 시작하면 그 크기는 걷잡을 수 없이 커진다. 내가 기꺼이 해낼 수 있는 것부터 시작해도 절대 늦지 않는다.

감정을 억누르다
보면 생기는 일

　A는 어린 시절에 항상 완벽하고 흠 잡을 데 없는 모습을 원했다. 완벽주의 성향의 부모님을 닮아, 그 기대에 부응하는 모습을 보이고 싶어서, 자신의 성격을 감추고 성숙해 보이려 노력했다.

　부모님의 관심을 끌기 위해 학업, 진로의 길을 택했고 감정을 억누르고 때론 거짓말을 사용하기도 했다. 그 결과로 A는 자신의 진짜 모습을 잃어버리고 죄책감에 사로잡히게 되었다.

　죄책감은 자신이 한 말이나 행동, 혹은 소홀히 한 것에 대해 스스로 책임을 느끼는 상태를 말한다. 이는 우리가 행동하지 말았어야 했다고 생각하거나, 더 신경 썼어야 한다고 믿는 일들에 대한 자기 비판에서 비롯된다.

문제는 많은 사람이 단지 이러한 '잘못'을 자책하는 것을 넘어서, 그러한 행동을 한 자신을 바보 같고, 열등하며, 가치 없는 실패자로까지 여기게 된다. 바로 이런 점 때문에 죄책감이 해로울 수 있다.

죄책감을 넘어서 오랜 시간 감정 억누른 것으로 인한 후유증이기도 하다. 감정은 억눌릴 수 없는 것이다. 감정이나 생각은 억제할수록 오히려 더 강해진다. 이런 악순환은 정신 건강에 해롭다.

어린아이가 오랫동안 감정을 억누르면 식욕이 줄거나 사람을 피하게 된다. 성인의 경우에는 더 큰 문제가 발생한다. 감정을 억누르는 습관은 밝은 감정도 표현하지 못하게 만들어, 인생이 무미건조해지도록 만든다.

그러나 이를 고치는 것은 가능하다. 먼저 자신의 감정을 인식하는 연습을 해야 한다. 먼저, 자신이 감정을 어떻게 경험하는지를 파악하는 것이 중요하다.

감정을 억제하는 사람들은 감정이 생기는 첫 조짐을 느끼자마자 그것을 무의식 속으로 밀어넣곤 한다. 이는 감정을 견딜 준비가 되어 있지 않기 때문이다.

　자신의 감정을 솔직히 들여다보고 인정할 용기를 가져야 한다. 그러나 자신이 무엇을 느끼고 있는지 알아차리는 일은 간단하지 않다.

　우리는 종종 자신의 감정을 정확히 인식하지 못한다. 예를 들어, 기분이 어떠냐는 질문에 "잘 모르겠어, 기분이 그냥 그래"라고 답하는 것이 일반적이다.

　그 대신, "실은 화가 났던거야", "정말 서운했어" 라고 명확하게 표현하는 습관을 기르는 것이 중요하다. 마치 근력을 키우기 위해 꾸준히 운동하는 것처럼, 감정 표현도 연습이 필요하다.

　이런 연습을 지속하면, 특히 소중한 사람과의 관계에서 감정을 정확하게 표현하고 전달하는 것이 결코 해롭지 않다는 것을 알게 될 것이다.

　오히려 감정을 억제했다가 폭발하는 위험성을 줄이고, 표현하지 못해 생기는 답답함 없이 더 건강한 정신 상태를 유지할 수 있다.

　인생은 자유롭지만, 감정을 억누르는 것은 스스로를 묶는 것과 같다. 그러므로 우리는 자유로워지기 위해 자신의 감정에 관심을 기울여야 한다. 진정으로 자유로워질 수 있는 방법은 우리 안에 있다.

감정에는
좋고 나쁨이 없다

　행복, 슬픔, 두려움, 우울, 초조, 안도감, 무료함 등 우리가 경험하는 다양한 감정은 일상적인 삶의 일부다. 흔히 좋은 감정 나쁜 감정, 긍정적인 감정과 부정적인 감정이 있다고 믿는다. 그러나 모든 감정은 그 자체로 가치가 있으며, 특정 상황에서 필수적인 반응을 제공한다.

　예를 들어, 위험을 느낄 때 두려움이나 불안을 경험하는 것은 자연스러운 일이다. 이러한 감정은 우리가 위험으로부터 스스로를 보호하도록 도와준다.

　반면, 사랑하는 사람과의 이별 후에 슬픔을 느끼지 못한다면, 그것은 정상적인 감정 반응이 아닐 수 있다. 우리는

상실감을 느낄 때 슬퍼하고 좌절감을 경험하도록 조건화
되어 있다.

감정을 경험하는 것은 건강한 정신 상태의 일부다. 누군
가 화가 나거나 짜증을 느낀다고 해서 그것이 아예 잘못된
것은 아니다. 실제로 그러한 감정은 우리가 문제에 대응하
고 해결하려는 동기를 부여할 수 있다.

감정 자체를 부정적이라고 치부하기보다는 그 감정을
어떻게 다루고 표현하는지가 더 중요하다. 부정적인 감정
을 느끼는 것은 자연스러운 일이며, 이를 통해 우리는 스
스로를 더 잘 이해하고 성장할 수 있다.

감정은 단순한 긍정적 혹은 부정적인 구분을 넘어서, 종
종 서로 상호작용하며 복잡한 양상을 보인다. 예를 들어,
아버지가 딸의 결혼식에서 눈물을 흘리는 건 기쁨과 슬픔
이 동시에 뒤섞인 감정의 복합체를 보여준다.

우리는 때때로 상반된 감정을 동시에 경험할 수 있다. 이
를 감정의 이중성 혹은 모순된 감정이라 한다.

다른 예로 사랑하는 사람의 성공을 축하하면서 동시에
자신이 느끼는 부족함이나 질투 같은 감정을 경험할 수 있

다. 이러한 기분이 들면 자신을 모순적으로 생각하거나 '왜 그러지?'라는 생각이 들면서 스스로 이해하려 노력하는 중요한 계기가 된다.

자신과 타인의 감정을 더 정확하게 파악하고 적절히 반응할 수 있도록 돕는다. 내가 겪어본 감정이니 다른 사람의 기분도 더욱 섬세하게 바라볼 수 있게 된다. 이처럼 감정은 단순히 '좋다'거나 '나쁘다'로 정의하기 어렵다. 단지 우리에게 필요한 감정만이 있을 뿐이다.

감정의
종류에 대하여

기쁨과 행복은?

기쁨과 행복은 마치 따뜻한 햇살이 내리쬐는 봄날 같은 감정이다. 꽃이 만발하는 공원에서 산책을 하는 것처럼, 마음속에 피어나는 포근함과 만족감을 안겨준다. 이 감정은 주로 도파민, 세로토닌, 옥시토신 같은 호르몬과 밀접하게 연관되어 있다.

예를 들어, 친구와 함께 웃고 즐거운 시간을 보낼 때 도파민이 분비되어 즉각적인 기쁨을 느끼게 되며, 안정적인 인간 관계를 통해 옥시토신이 분비되어 장기적인 행복감을 경험하게 된다. 또한, 운동이나 명상과 같은 활동은 세로토닌 수치를 높여 우리를 더 행복하게 만든다.

기쁨과 행복 관련 감정 단어

희열, 만족, 기쁨, 즐거움, 행복, 안도, 감사, 환희, 열광, 기대감, 낙관, 자부심, 성취감, 환희, 안락, 평온, 의기양양, 쾌감, 감동, 충만감

슬픔과 우울은?

슬픔과 우울은 마치 지속적으로 내리는 비와 같은 감정이다. 이 감정은 뇌에서 세로토닌과 노르에피네프린의 수치가 감소할 때 발생할 수 있다.

예를 들어, 중대한 손실이나 스트레스가 많은 상황은 이 호르몬들의 수치를 떨어뜨려 우울감을 유발할 수 있다. 반면, 대인 관계 개선, 적극적인 감정 표현, 정기적인 운동과 같은 활동은 이러한 호르몬의 균형을 재조정하여 슬픔과 우울을 완화하는 데 도움이 된다.

슬픔과 우울 관련 감정 단어

슬픔, 우울, 고독, 절망, 애통, 비탄, 상실감, 허무, 실망, 우수움, 침울, 회한, 비관, 외로움, 초조, 불안, 두려움, 공포, 긴장

분노는?

분노는 마치 끓어오르는 화산과 같은 감정이다. 이 감정의 발생은 아드레날린과 코르티솔 같은 스트레스 호르몬의 급격한 증가와 관련이 있다.

갑작스러운 위협에 직면했을 때 이 호르몬들이 분비되어 싸우거나 도망치는 '싸움 또는 도망' 반응을 유발한다. 스트레스 관리 기법, 예를 들어 심호흡, 요가, 명상을 통해 이 호르몬의 수치를 조절함으로써 분노를 효과적으로 관리할 수 있다.

분노 관련 감정 단어

분노, 격노, 짜증, 화, 노여움, 적개심, 복수심, 악의, 증

오, 비난, 비판, 경멸, 불만, 반감, 불쾌, 야유, 모욕, 분통, 자존심 상함, 공격성

사랑과 애정은?

사랑과 애정은 마치 부드럽게 흐르는 강물과 같은 감정이다. 이러한 감정은 주로 옥시토신과 엔돌핀 같은 호르몬의 분비와 관련이 있다.

옥시토신, 종종 '사랑의 호르몬'으로 불리는 이 호르몬은 포옹, 친밀한 접촉, 긍정적인 상호 작용 등을 통해 분비되며, 강력한 유대감과 애정을 촉진한다.

엔돌핀은 운동, 웃음, 취미 활동과 같은 기분 좋은 활동을 통해 분비되어 통증을 완화하고 쾌감을 제공한다. 이호르몬들은 사랑과 애정의 감정을 강화시키고, 긴밀한 인간 관계의 발전에 기여한다.

사랑과 애정 관련 감정 단어

사랑, 애정, 애착, 동경, 그리움, 정, 연민, 감사, 우정, 친밀감, 존경, 헌신, 열정, 감사, 동정

놀라움은?

놀라움은 마치 번개가 갑자기 치는 밤하늘과 같은 감정이다. 예상치 못한 사건이나 정보에 직면했을 때, 우리의 뇌는 아드레날린을 분비하며 즉각적인 각성 상태로 들어간다.

이 감정은 우리가 새로운 상황이나 변화에 빠르게 적응하도록 돕는 한편, 삶에 대한 경각심과 새로움을 제공한다.

뜻밖의 선물을 받거나, 갑작스럽게 좋은 소식을 들었을 때 우리는 놀라움을 느낀다. 이는 감정적으로 활성화되는 순간으로 우리의 경험을 풍부하도록 돕는다.

놀라움을 경험함으로써 우리는 현재에 집중하고 앞에 있는 존재에 몰입한다. 삶의 예측 불가능성을 인식하게 되고 미래에대한 기대감을 갖게 되기도 한다.

궁금증(호기심)은?

궁금증은 마치 끝없는 별이 총총한 밤하늘을 바라보는

것과 같은 감정이다. 우리의 마음은 무한한 가능성과 미지의 세계에 대한 탐구 욕구로 가득 차게 된다. 이 감정은 도파민과 관련이 깊으며, 새로운 정보나 경험을 추구할 때 분비되어 우리의 학습과 탐험을 동기화한다.

궁금증은 우리가 새로운 취미를 배우거나, 낯선 장소를 탐험할 때 촉발되며, 지식과 경험의 범위를 확장하는 중요한 역할을 한다.

이 감정 덕분에 우리는 계속해서 배우고 성장할 수 있으며, 삶에 대한 이해와 통찰력을 깊게 한다. 궁금증은 우리를 끊임없이 진화하고 발전하는 원동력이며, 삶을 더 풍부하고 의미 있게 만드는 데 기여한다.

놀라움과 궁금증 관련 감정 단어

고양감, 경이로움, 호기심, 궁금증, 의아함, 신비, 기대, 관심, 충격, 혼란, 압도감, 흥미, 매혹

이렇게 여러 감정에 대한 간단한 정의와 감정 표현과 이해를 위한 단어를 여러 개 봤다. 감정 표현의 스펙트럼을 확장하기 위함이다. 우리 단어는 미세한 감각의 차이까지

표현할 수 있을 정도로 감각어가 발달해 있다.

감각어는 우리 몸의 반응을 설명하는 말로, '뜨겁다'는 손이나 몸이 크게 자극받는 높은 온도를 말하고, '차갑다'는 촉감이 시원하며 매우 차가운 상태를 의미한다. 감정의 세계에서는 '뜨겁다'가 열정적이며 흥분된 상황을, '차갑다'는 감정이 결여되어 냉담하거나 냉혹한 상황을 나타낸다.

열정이 넘치면 환희를 느끼고, 관심이 열렬하면 희망을 키우며, 신뢰가 강렬하면 경배의 마음이 생긴다. 화가 나면 분노가 폭발하듯 이 모든 감정은 격렬한 감정의 폭발로 몸을 뜨겁게 달구며 불타오르게 한다.

반대로, 기쁨이 식어갈 때는 불안에서 공포로, 기대가 식으면 경계심으로, 믿음이 식으면 무시나 경멸, 혐오로 변한다. 분노가 식으면 체념이나 슬픔을 느끼며, 증오가 식어 얼어붙으면 무관심이 된다.

어제까지 기쁨을 주던 것이 오늘은 공포를 주는 변화는 자주 있다. 사랑과 성공, 명예, 재산, 자식 역시 마찬가지로 원하면 열망이 뜨거워지고, 얻으면 기쁨은 잠시 동안 불안으로 변한다.

이 불안은 공포로 이어지며, 슬픔이 가미되면 절망으로 치닫게 된다. 소유한 모든 것을 잃었을 때 느끼는 감정이 바로 이것이다.

감정 표현의 스펙트럼을 확장하는 것은 뇌과학적 관점에서도 중요한 의미를 가진다. 인간의 뇌는 감정을 처리하는 데 중요한 역할을 하는 뇌의 여러 부위, 특히 전전두엽과 변연계를 통해 감정을 인식하고 반응한다.

이러한 뇌 부위들은 감정을 느끼고, 이해하며, 표현하는 과정에서 서로 복잡하게 상호작용한다.

예를 들어, 단순히 '화가 난다'고 말하는 대신, '실망스러워한다', '좌절한다', '분노한다' 등으로 구체적으로 표현하면, 각각의 감정 상태에 따라 뇌의 다른 반응을 활성화시킬 수 있다.

감정의 섬세한 표현은 감정 조절 능력을 향상시키는 데에도 중요하다. 뇌과학 연구에 따르면 감정을 정확하게 인식하고 표현할 수 있는 사람들은 스트레스 상황에서 더욱 효과적으로 감정을 관리할 수 있다.

이는 감정의 자각이 더 높기 때문에, 자신의 감정을 정확히 진단하고 적절한 대응을 선택할 수 있기 때문이다.

 나의 감정을 알아차리고 더 깊게 알아가기 위한 질문 10 가지를 준비해봤다. 질문을 보며 핸드폰 메모장이나 노트에 자유롭게 적어보기 바란다.

1. 지금 내가 느끼는 감정은 사랑과 애정과 관련이 있는가? (예: 감사, 우정, 친밀감)

2. 분노나 노여움을 느낄 때, 그 원인은 무엇인가? (예: 비난, 경멸, 불쾌)

3. 내가 현재 경험하는 슬픔이나 우울감의 근원은 무엇인가? (예: 상실감, 절망, 고독)

4. 어떤 일이나 사람에 대해 놀라움이나 궁금증을 느낄 때, 그것은 어떤 의미를 가지고 있는가? (예: 발견, 의아함, 탐구)

5. 현재 느끼는 기쁨과 행복의 원인은 무엇인가? (예: 만족, 즐거움, 감사)

6. 분노나 노여움을 느낄 때, 그 감정을 어떻게 표현하는가?

7. 우울하거나 슬픈 감정을 느낄 때, 이것을 완화하는 데 도움이 되는
   활동은 무엇인가?

8. 내가 감사하거나 사랑하는 사람이나 사물에 대해 얼마나 자주 생각
   하는가?

9. 흥미롭거나 놀라운 경험을 할 때, 그것이 내 삶에 어떤 변화를 가져
   다주는가?

10. 오늘 내가 느낀 감정 중 가장 강렬했던 것은 무엇이었나? 그 이유는
    무엇인가?

◀ 내 기분을
● 다스리는 방법

 생각은 실제로 우리 몸에 직접적인 영향을 미친다.
 우리는 지속적으로 생각을 통해 신체에 영향을 주며, 이
러한 관계를 확인할 수 있는 간단한 실험을 해볼 수 있다.

 상상해보라. 당신 앞에 잘 끓인 라면이 있다. 그것도 첫
끼다. 밤에 먹는 라면인데 국물 냄새를 맡고

 마음 속으로 맛있는 라면을 먹으며 국물을 밥말아먹는 상
상까지 해보라. 입안에 침이 고이는 느낌이 바로 들것이다.

 레몬도 눈 앞에 있다고 가정하자. 그 향기를 맡으며 껍질
의 신선한 냄새를 느껴보라. 이제 마음속으로 칼로 레몬을
반으로 자르고, 풍부한 레몬즙이 손가락 사이로 흐르는 것

을 상상하라. 반으로 잘린 레몬의 강렬한 향을 다시 맡아 보고, 마음속으로 그 레몬을 한 입 크게 물어보라.

이 상상을 했다면 아마 다음과 같은 반응이 일어날 것이다. 입안에 침이 고이는 느낌과 얼굴이 찌푸려지는 반응이 일어난다. 이러한 간단한 실험은 우리의 생각과 상상이 신체에 직접적으로 어떻게 영향을 미치는지를 보여준다.

신체는 우리가 상상하는 것을 마치 실제로 경험하는 것처럼 반응한다. 즉, 우리의 뇌와 몸은 생각이 현실인지 상상인지 구별하지 않고 반응한다. 우리의 생각이나 상상이 사실 여부와 관계없이 신체에 영향 준다는 증거다.

걱정이나 두려움 같은 부정적인 상상도 마찬가지로 신체 반응을 유발한다. 위험을 느끼는 생각이 들면, 근육이 긴장되고 호흡이 빨라지며, 신체는 싸움이나 도주 준비를 한다. 몸은 단지 뇌의 명령에 따라 반응한다.

이처럼 생각과 상상이 우리 몸과 감정에 미치는 영향을 이해하면, 우리는 보다 적극적으로 자신의 신체 언어를 조절함으로써 감정과 생각을 원하는 방향으로 변화시킬 수 있다.

몸동작이 기분을 바꾼다

서서 자신이 불안정하게 느끼는 분야를 생각해보라. 직업적인 도전이든, 체력적인 한계든, 개인적인 문제든, 어떤 것이든 상관없다. 이제 그 불안정한 활동을 성공적으로 수행하는 것을 상상해 보면서 자신감 넘치는 행동을 취해 보라.

아무도 당신을 막을 수 없다는 듯이 당당하게 서고, 깊게 숨을 몇 번 들이쉬라. 승리의 미소를 지으며, 어깨를 펴고 자신 있게 가슴을 펼치라. 이렇게 하면 이전에 느꼈던 자신감 부족을 다시 생각해보게 된다.

자신감 있는 몸짓을 취하면, 생각과 감정이 긍정적으로 변화하는지 느껴지는가? 대부분 사람들은 자신감 있는 자세를 취하면 실제로 자신감을 더 느끼게 되며, 생각이 '나는 할 수 있다'로 바뀐다.

이는 신체 자세가 그에 맞는 생각을 유발하고, 그런 생각이 다시 신체 자세와 감정을 유발하기 때문이다. 따라서 한 부분을 변화시키면 다른 부분도 자연스럽게 따라 변화한다. 몸과 마음은 항상 균형을 이루려 합니다.

이와 같은 방법을 통해 부정적인 감정을 긍정적으로 바꿔보라. 원하는 감정에 맞는 신체 자세를 취하면, 그 자세가 마음에도 영향을 미쳐 기분이 좋아지는 것처럼 느껴질 것이다.

이 전략의 장점은 복잡하지 않고 신속하게 긍정적인 변화를 가져온다. 오랜 시간 동안의 노력 없이도 감정을 조절할 수 있는 간단하고 효과적인 방법이다. 이어서 기분을 조절하는 7가지 방법을 소개하겠다.

1. 미소 지으며 긍정적으로 표정 관리하기

의식적으로 친절한 얼굴 표정을 만들고 미소를 지으면, 기분이 향상되고 즐거움을 느낄 수 있다.

2. 근육 이완과 깊은 호흡으로 두려움 극복하기

몸의 긴장을 풀고 심호흡 함으로써 공포와 불안을 줄일 수 있다.

3. 자신감 있는 자세 유지하기

등을 바르게 펴고 자신 있게 서서, 대화할 때 상대방의 눈을 바라보며 당당하게 말하면 자신감이 생기고 강해진다고 느낄 수 있다.

4. 노래 부르기와 춤추기

크게 노래를 부르거나 춤을 춤으로써 활력을 얻고 기분을 전환할 수 있다.

5. 코미디 콘텐츠 즐기기

웃긴 영화나 만화를 보는 것만으로도 기분이 한결 나아질 수 있다.

6. 긍정적인 말 반복하기

긍정적인 생각을 큰 소리로 반복하며 확신에 찬 태도를 취하면 그 생각들이 더욱 강화된다.

7. 편안한 자세

편안하게 앉아서 심호흡을 하면서 호흡을 늦추고, 현재 순간에 더 집중하면 창의적인 아이디어가 떠오르고 문제 해결 능력이 향상된다.

먹는 음식이 기분에 영향준다

생각과 운동에 더해, 우리 몸과 마음에 긍정적인 변화를 가져다주는 또 다른 중요한 요소는 양질의 영양 섭취다. 잘못된 식습관은 우울증, 두통, 피로감을 증가시킬 뿐아니라, 불안과 불면증을 유발할 수도 있다. 실제로 우울감이 높은 사람은 입맛이 없거나 인스턴트 음식을 먹는 경우가 많다고 한다. 비타민, 미네랄, 섬유질과 같은 필수 영양소가 부족하기 때문에 영양 불균형을 일으킬 수 있는 것이다.

당분과 초콜릿은 혈당 수치를 높여 기분을 개선하고 엔돌핀을 활성화시킨다. 포화 지방산이 풍부한 버터, 크림, 소시지와 같은 식품의 섭취를 제한하면 우울증과 무기력을 완화하는 데 도움 된다. 대안으로 해바라기씨유나 대두유를 사용할 수 있다.

단백질이 풍부한 계란과 고기, 다양한 채소는 세로토닌 생산에 필요합니다. 세로토닌은 수면 패턴을 조절하고 두려움을 감소시키는 역할을 한다.

탄수화물이 풍부한 국수, 감자, 밥은 안정감을 주며 기분을 밝게 하고, 세로토닌 대사를 촉진하여 즐거움과 행복감을 제공한다.

충분한 수분 섭취는 집중력과 인지 능력을 향상시키는 데 도움이 된다. 매일 2~3리터의 미네랄 워터나 허브 차를 마시는 것이 좋다.

음식을 즐기는 것은 영양 섭취의 가장 중요한 부분이다. 엄격한 다이어트와 제한은 음식의 즐거움을 빼앗고, 자책감을 느끼게 하여 긍정적인 영향을 무효화할 수 있으니 주의하도록 하자. 따라서 음식을 먹을 때는 자신의 몸이 원하는 것에 귀 기울이는 것 또한 기분 관리법 중 하나라 볼 수 있겠다.

당신은
선택할 수 있는 사람이다

　사회적 거울, 우린 모두 다른 사람과 지내기 위해 가면을 쓴다. 부모님 앞에서 보이는 모습이 다르고 친구 앞에서 보이는 모습이 다르고, 혼자 있을 때 모습이 모두 다른 게 가장 이해를 돕기 쉬운 예시다. 그럼 사회적 거울이란 뭘까?

　우리 주변 사람들의 반응, 태도, 기대를 통해 우리 자신을 바라보고 평가하는 과정을 의미한다. 명예, 부, 직업 등 관련이 있겠다. 이 외에도 인스타그램에서 비추는 나의 모습이나 다른 사람의 인스타그램을 봤을 때 사진과 영상 속에 담긴 모습이 진실이라고 믿는 것도 영향이 있을 것이다.

우리는 종종 타인의 평가와 반응을 자신의 가치와 정체성의 기준으로 삼게 되며, 이러한 외부의 시선은 우리가 자신을 인식하는 방식에 큰 영향을 미친다. 하지만 이런 방식으로 자신을 평가하면, 우리는 자신의 진정한 모습보다는 타인이 보는, 때로는 일그러진 모습을 자신의 실제 모습으로 착각할 위험이 있다.

이는 자신에 관한 긍정적인 모습도 부정할 가능성이 높아지기에 스스로 조심해야한다. 내가 만든 세상이 진실이라 믿고 맹신하는 것. 내 말을 듣는 후배, 자녀, 부모, 혹은 제자가 있다면 더욱 경각심을 가져야 할 일이다. 나의 말이 곧 영향력이다.

신념이 있는 사람은 왠지 모르게 위대해 보이지만 그 사람은 자신의 과거 의견을 계속 가지고 있을 뿐 그 시점부터 정신 또한 멈춰 버린 사람에 불과하다. 결국 정신의 태만이 신념을 만들고 있는 셈이다. 아무리 옳은 듯 보이는 의견이나 주장도 끊임없이 신진대사를 반복하고, 시대의 변화 속에서 사고를 수정하여 다시 만들지 않으면 안된다.

- 책《니체의 말》중에서

자신의 약점을 이해하는 것은 성장을 위한 첫단추가 될 수 있다. 약점을 인정하고 그 원인을 깊이 파악함으로써, 우리는 그것을 극복하기 위한 명확한 방향성과 목표를 설정할 수 있다.

예를 들어, 식욕이나 분노 같은 기본적인 욕구와 감정에 휘둘리는 것을 약점으로 인식한다면, 우리는 이를 조절하고 극복하기 위해 자기 관리와 자제력을 키우는 데 초점을 맞출 수 있다.

중요한 것은 자신의 약점을 부정적인 측면만 보는 것이 아니라, 성장과 발전을 위한 기회로 받아들이는 태도를 만들 수 있다. 이를 통해 우리는 자신의 한계를 넘어서는 데 필요한 힘과 동기를 얻을 수 있다.

그럼 이 힘을 지속할 수 있는 원동력은 무엇일까? 나의 약점은 어떻게 보완할 수 있을까? 그건 스스로 선택하는 것이다. 주도적인 반응을 선택하는 것은 자신의 말과 행동에 대한 책임을 가지는 것. 약속을 지키는 것이고 자신의 다짐을 지킬 수 있는 사람이다.

주도적인 반응을 선택하라. 우리는 왜 우리가 '아는' 만큼 '행동하지' 못하는 것일까? 그것은 아는 것과 행동하는 연결하는 고리를 망각하고 있기 때문이다. 다시 말해서 자신의 반응을 선택하지 않고 있다.

선택하려면 장기적 안목이 있어야 하며, 그것에 따라 행동하고 또 반응할 수 있어야 한다. 선택은 또한 자신의 태도와 행동에 대해 책임지고, 다른 사람이나 외부 환경에 책임을 전가하지 않음을 뜻한다.

궁극적으로 상충하는 동기와 가치관을 두고 자기 내부 투쟁을 벌이는 것을 말한다. 우리가 자신의 반응을 선택할 수 있는 자유를 현명하게 사용하지 못한다면, 우리의 행동은 결국 주위 환경에 의해 지배당한다. 우리가 가진 최고의 자유는 결국, 우리가 과연 외부 사람이나 외부 환경에 우리 자신의 행동을 지배하도록 허락할 것인지를 결정하는 권리와 힘이다.

- 책《원칙중심의 리더십》중에서

당신의 감정에 대한 반응도 선택할 수 있고 주어진 환경 속에서 선택할 수 있다.

세상에 많은 스승과 쏟아지는 정보들이 많다. 하지만 그게 어쨌다는 것인가. 나에 대해 관심 가지고 알아갈 수 있는 건 그 누구도 아닌 당신뿐이다. 어떤 일을 우선시해야 할지 내가 어떤 사람인지 무슨 문제를 가졌는지 알아가고 공부해야 할 몫이 있다. 이것이 책임이고 약속이다.

만약 '난 할 수 없지..'라는 말로 자신을 학대하고 있다면 멈추기 바란다. 그렇게 심각하게 생각 할 일이 아니다. 그저 약속하고 지키는 것. 잘 되지 않더라도 반성하고 다시 나아가는 것. 그것이 인생 아니겠는가. 이렇게 말하는 나 또한 무수히 많은 시행착오를 넘어 결심하고 이 말을 당신에게 전하고 있다.

제2장

이영탁

창원대학교 국어국문학 박사수료(현대시 전공)

2007년 경남문학 신인상 수상(시조부문)

2018년 『동서문학상』 소설 입선

<저서>

소설집 『꽃내길』

그림동화전자책 『아직 찾지 못한 이야기』

동 화 『너를 위한 이야기』, 공저

에세이 『엄마와 함께한 봄날』, 공저

2023년, 2024년 강원특별자치도·강원문화재단 창작지원금 수혜

<문심> 동인

시, 소설, 동화, 에세이를 쓰며

콘셉트가 또렷하지 않은 것이 콘셉트인 몬스터 작가

감정의
3가지 측면

감정의 사회적 측면

우리는 다툼이 일어날 때 "제발 감정적으로 이야기하지 마!"라는 말을 자주 한다. 감정적으로 이야기하는 방식은 어떤 것일까? 감정에는 희로애락이 있다. 기쁘면 기쁜 대로 표현하는 말을 쓰고 슬프면 슬픔이 흥건한 말을 쓴다. 화가 났을 때도 즐거울 때도 마찬가지다. 하지만 화가 났을 때는 특히 감정이 더욱 스민 말을 쓴다.

왜 그럴까 하고 생각해보면 나의 감정이 상대방의 감정에 의해 흔들렸기 때문이다. 내 감정이 타인의 감정으로 인해 흔들린다는 것은 내 마음이 약하거나 상대방의 말이 너무 충격적일 때 그러하다. 감정의 발화가 어디에 있는지 살펴보면 무언가 손해를 보았다는 걸 느낄 때다.

예를 들면 친구 A가 감기에 심하게 걸린 B에게 걱정스러운 말로 "그러게, 옷 좀 잘 챙겨입지. 이게 뭔 고생이야?" 이 말은 평소에도 자주 쓰는 말이다. 하지만 상황에 따라 감정이 이 말을 제대로 받아들이지 않는다. 이게 나를 약올리는 건가, 아니면 정말 걱정해서 하는 말 인지 헷갈린다. 그러니 감정의 중심이 흔들렸다는 뜻이다. 친구의 염려와 걱정이 괜히 성가시다. 이럴 때 우리는 짜증 내거나 상대의 의중과 상관없는 판단으로 상대방에게 등을 돌린다.

보통의 경우, 오해는 풀리지만 평소에도 감정이 자주 상한 친구였다면 우린 분명 등을 돌린 채 앞으로 나아간다. 이러한 현상은 사회적인 측면에서 들여다볼 수 있다.

인간은 관계의 존재이고 이 관계는 나와 상대방이 서로에게 적절한 거리를 유지할 수 있을 때 형성된다. 관계에서 중요한 것은 신뢰다. 이 신뢰의 바탕은 관계의 깊이나 시간과는 상관없다. 20년 지기, 30년 지기의 친구였더라도 서로의 가치관이나 상황에 따라 절연하는 것은 이러한 현상을 뒷받침한다. 그러므로 감정을 전달할 때는 구체적이고 상세해야 한다.

감정이 담긴 말을 할 때는 상대가 오해할 수 있는 말을 걸러내는 게 필요하다. 듣는 당사자가 오해할 수 있는 말을 걸러내는 방법은 지금 하는 말이 평소에도 그의 마음을 상하게 한 적이 있다면 하지 않는 게 좋다. 그래야 최소한 감정의 거리를 유지할 수 있기 때문이다.

나의 감정이 상대방에게 어떤 역할을 하는지 알아보는 방법은 대화다.

대화를 통해서 그(그녀)의 생각을 듣는 게 우선이다. 하지만 우리는 감정이라는 보이지 않는 그릇을 대화의 척도로 활용한다. 이 그릇에 적합한 말이나 행동이면 인정하고 그렇지 않으면 과감히 그릇을 깨버린다. 인간관계에서 가장 중요한 것은 공감이다.

이 공감이 흐트러지거나 균열이 생길 때 우리가 기준을 두거나 한계선으로 두는 게 감정이다. 이때 감정이 공감대를 형성하지 못하고 무너지면 사회적인 관계는 끝이 난다. 그러므로 감정은 우리 일상에서 가장 만만하면서 불편한 장치다. 이 부분을 간과하면 우리는 친구도 사귈 수 없고 사회적 활동도 제대로 할 수 없을지도 모른다.

감정은 개인이 만든 것이기도 하지만 공동체가 만든 감정일 수도 있다. 이 때문에 '소문'이 감정을 품고 사람을 찾아 날아다닌다. 앞서 말한 것과 같이 친구의 염려가 나의 감정을 건드려서 기분 나쁘게 했다고 단정 짓는 것 또한 내가 만든 감정의 그릇 때문이다. 이 그릇의 크기와 깊이와 질에 따라 사회적 관계가 더욱 단단해지거나 깨어진다.

고등학교 동창 중에 도토리 여사 세 명이 있다. 나와 두 친구를 일컫는 말인데, A는 나의 개인적인 일을 대부분 알고 있고 B는 많이 알지는 못했다. 어느 날 A가 내게 전화해서는 B를 야단치는 것이었다. 내가 처한 상황을 알고 있으면서 동창 D에게 엉뚱하게 말하는 바람에 친구들 사이에서 이상한 이야기가 돌고 있다고 했다.

나는 B가 남편의 병간호로 많이 힘들어할 때 위로의 말을 건넸다. 결과는 예상을 벗어났다.

"야, 너는 괜찮다. 나는 사실 집도 절도 없다. 아버지도 편찮으신데 친정에 얹혀사는 신세잖아. 그러니 힘내."

이 말이 내 소식을 궁금해하던 D에게 전달됐고 일파만파로 동창회에 퍼진 모양이었다. B는 내가 정말 집도 절도 없는 가난이 질척거리는 사람으로 말한 것이다. 내가 고등학교 때는 그랬다.

가난이 질척거려서 늪이라면 정말 벗어나고 싶었다. 친구 B를 위로하던 시기에는 넉넉하지는 않았지만 약간의 여유가 있었고 아버지가 식도암을 앓고 있던 시절이어서 부득이하게 친정에 살 때였다.

나의 위로를 제대로 해석하지 못한 친구 B로 인해 나는 졸지에 동창들에게 집도 절도 없는 매우 가난한 친구, 가까이하기엔 뭔가 찜찜한 동창이 됐다. 이 사실을 알게 된 친구 A가 나 대신 더 노발대발했다. 친구 B에게 탁이 사정을 제대로 모르면 말을 말아야지, 네가 말을 그따위로 해서는 친구들이 탁이를 어떻게 보겠냐며 따졌다고 했다.

A의 주선으로 우리는 다 같이 만났고 나는 B의 사과를 받았다. 그러나 이미 소문이 돌기 시작한 동창회에서의 나의 체면은 회복이 어려웠다. 이 사건으로 인해 나와 B는 멀어졌다. 일 년에 서너 차례 만나서 차도 마시고 식사하며 수다를 떨었고 전화도 자주 하던 사이에서 몇 년에 한두 번 A를 거쳐 안부를 전하는 사이로 전락했다. 나의 감정도 이렇게 나만이 만든 감정의 그릇에 의해 친구와의 사회적

관계가 느슨해진 것이다.

B는 나의 소식을 궁금해하는 D에게 시시콜콜 이야기 해도 상관없었다. 내가 당부한 것도 아니고, B의 처지에서도 나의 상황이 굳이 숨길 일은 아니었을 것이다. 하지만 B가 전달한 말이 D뿐만 아니라 동창회까지 사회적 감정에 영향을 미치는 것이라면 하지 말았어야 했다. 내가 B에게 했던 말이다.

"내 마음이 상했네. 또 이런 일이 생기면 그땐 가만 안 둔다."

이 말을 함과 동시에 나는 감정에 휩싸였고 그와 절교하게 됐다. 감정은 아주 개인적인 것이기도 하지만 주변에 영향을 미친다면 사회적인 측면을 가질 수도 있다. 상대의 비밀을 알게 되었더라도 개인은 지켜야 할 선이 있다는 것을 알아야 한다.

아무도 정하지 않았지만 보이지 않는 선이 있다는 점은 우리의 암묵적 약속이다. 더욱이 오래된 사이라면 더욱 그렇다. 암묵적인 약속이 깨어질 때 발생한 사건, 사고는 서로에게 치명적인 상처가 되고 돌이키기엔 너무 먼 당신이 된다.

베르나드 클레르는 "우리는 타인에게서 자신의 가치를 배우고, 동시에 자신의 가치를 타인에게서 교육받는다." 라고 했다. 우리의 감정은 자신뿐만 아니라 주변 사람들과 상호작용하면서 만들어진 복잡한 결과물이라고 할 수 있다.

우리는 자신의 감정을 이해하고 관리함으로써 타인의 감정도 이해할 수 있을 것이다. 더욱더 건강하고 풍요로운 인간관계를 유지하기 위해서는 서로가 지켜야 할 경계를 넘지 않도록 하는 것이다.

감정의 성역할 측면

현대 사회는 양성화 시대라고 할 수 있다. 남자와 여자라는 큰 굴레에서 벗어나기 위해 오랜 시간 노력을 기울인 덕분에 조금 나아졌다. 하지만 여전히 시니어 세대 또는 라떼 세대에게 있어 남자와 여자는 분명 다른 존재로 남아 있음을 느낄 수 있다.

5~60대의 세대가 자라던 시절에는 "어디, 남자가 눈물을 흘려!"라든가 "여자는 얌전해야 해!"라는 말을 자주 들었다. 남자와 여자를 구분 짓는 말이 존재한다는 것도 이

상한 현상이다.

남자는 이래서 괜찮고, 여자는 저래서 안 된다는 방식은 더하기 뺄셈도 아닌데 수학 공식처럼 세뇌되었었다. 감정이 상한다는 말이 이럴 때 나타난다. 남자든 여자든 슬프면 눈물을 흘리는 게 당연하다. 이게 남자와 여자라는 성(性)과 무슨 상관이 있는 걸까?

동생이 나의 부탁으로 부엌에 들어갔다. 수저 한 벌이 모자라서 가지러 갔는데 할머니가 이 모습을 보고 화를 내셨다.

"어데, 머슴아가 정지(부엌) 들어 가노! 고추 떨어진다, 퍼뜩 안 나가나!"
"니는 뭐 한다고 동생을 정지로 보냈노!"

솔직히 짜증이 엄청났다. 할머니께 대들지도 못하면서 괜히 동생에게 그걸 들켰냐고 윽박지른 경험이 있다. 이렇게 볼 때 감정이란 내가 상대방에 의해 존재의 위기를 느꼈을 때도 나타난다는 걸 알 수 있다. 나의 존재가 비참해지는 순간은 성역할에서 특히 드러난다는 점이 감정의 골을 깊게 파고들게 한다.

눈물도 마찬가지다. 축구를 하다 넘어진 친구가 있었다. 넘어지면서 무릎에 상처가 났다. 친구가 눈물을 글썽이자 선생님이 말씀하셨다.

"사내자식이 뭔 눈물이고. 뚝 해라!"

친구는 흐르는 눈물을 참느라 입술을 실룩였다. 그 모습을 보면서 나는 친구가 마음속으로 속삭이는 소리를 들었다.

"아이 씨. 아프다고요. 아픈데 우째 눈물이 안 납니꺼! 예?!"

내가 어릴 때 자주 듣고 자란 말이 있다. 남자가 꼭 알아야 하는 말이라며 집, 학교 가리지 않고 들었던 말이다.

"남자는 태어나서 세 번 운다. 한 번은 태어날 때, 또 한 번은 부모님을 잃었을 때, 마지막 한 번은 나라가 망했을 때."

도대체 남자는 인간이 아니란 말인가. 남자는 언제나 강해야 한다는 걸 강조하기 위해 만들어진 말이라 하더라도 너무 잔인한 말이다.

나는 아들이 태어나고 말을 알아들을 때 이렇게 말했다.

"남자도 울 땐 울어야 한다. 울지 않는 남자는 아무짝에도 쓸모없다." 어쩌면 이 말 때문이었는지 모르지만 내 아들은 잘 운다.

슬프면 슬퍼서 울고, 짜증 나면 짜증 나서 울고, 화가 나면 화가 나서 펑펑 운다. 시간을 가리지 않고 울면서 "엄마~!"하면서 전화한다. 자신의 감정에 솔직한 남자가 되길 바랐더니 너무 심하지 않나 싶은 정도다. 그래도 나는 만족한다. 말도 않고 울음을 참다가 터져서 세상에 없는 것보단 나으니까.

남자와 반대로 여자는 어떤가! 여자 목소리가 담장 밖을 넘어가면 안 된다고 배웠다. "암탉이 울면 집안이 망한다." 라는 속담은 여자가 드세면 안 된다는 말을 표면화 시켜서 여자들의 사회적 성장을 억누른 말이다. 하지만 요즘엔 이 속담이 이렇게 변했다.

"암탉이 울면 알을 낳는다." 얼마나 지당한 말인가. 암탉이 울어서 집안이 망한다는 부정적인 에너지보다 훨씬 긍정적인 에너지가 아닌가.

생산과 미래지향적인 말이어서 나는 무척 공감한다. 그리고 자신의 성장과 능력을 세상에 알리는 멋진 여성의 삶이라서 더욱 좋다. 더불어 자신의 감정을 속 시원하니 드러내는 솔직한 모습의 여성이라면 더욱 건강한 삶을 살아낸다고 생각한다.

우리는 감정을 숨기거나 누르는 것에 너무 익숙해지고 있는 건 아닐까. 감정을 드러내는 것은 여자의 몫이고 드러내지 않는 게 의연한 남자의 몫이라는 이상한 사고에 갇혀서 감정을 솔직하게 드러내지 못하는 것은 아닌지 생각해봐야 한다.

남자와 여자라는 관점이 아니라 인간이라는 관점에서 감정을 충분히 소화할 수 있는 시간을 가지는 기회를 만드는 것도 좋을 것이다. 나는 곧잘 혼자 중얼거린다.

"좀 울자고요! 눈물이 앞을 가려서 아무것도 안 보일 만큼 실컷 울고 싶다고요, 젠장!"

그러고는 혼자 남은 공간에서 엉엉 운다. 눈물 콧물 범벅
이 된 내 모습을 상상하면서 울고 나면 속이 시원하다. 게
다가 거울 속에 비친 나의 모습은 아름답다 못해 용감하
다. "공주는 외로워"라는 노래를 부르며 한바탕 웃는다. 정
말 미친 짓이다.

감정이 성역할을 하는 경우는 다양하다. 상황과 환경에
따라 다르기도 하다. 일반적으로 성(性)이 감정의 앞에 서
는 경우는 직장생활을 할 때일 것이다. 나의 경험은 그랬
다.

"여자는 결혼하면 회사 안 다녀도 되잖아. 남편이 벌어다
주는 돈으로 집안일 하고 아이 키우면서 살면 되니까."

내가 막 스무 살이 되고 대학에 진학하지 못해서 우울할
때 다니던 전자 회사의 부장이 해준 말이다. 이게 말인가?
그 당시 이런 분위기는 당연했다.

내가 동생에게 수저 한 벌 가져오라고 부엌에 보냈다고
야단맞던 시절이었으니까. 세상이 변해도 사람들의 인식
은 잘 변하지 않는다는 것을 느낀 날이었다.

남편이 돈을 벌어다 주면 여자가 집에서 살림하고 아이

를 키우는 게 당연하다고 말하는 부장이나, 그 말에 생각도 없이 고개를 끄덕인 나나 다를 바가 없었다. 지금 생각하면 어이없는 일이지만 사실, 21세기인 지금도 마찬가지 아닌가! 지금도 이 말은 살아남았다는 걸 느낄 때가 있다.

드라마를 통해서도 은연중에 살짝 드러냈다가 반발하는 인물의 말이나 행동에 따라 기가 죽는 남자를 보면서 허탈할 때가 있다. 아직도 이런 성역할을 강요당하는 가정이 있다는 현상을 보여주기 때문이다.

예전처럼 남아선호사상이 우월하던 시기는 사라졌다고 하지만 사실일까?

"저희 남편은 밖에서는 잘해요. 근데, 집에 오면 꼼짝도 안 해요."

"저는 가족들과 여행 가면 제가 요리하고 다 합니다. 아내는 공주처럼 있지요."

"캠핑 갔을 때 아빠가 끓여주신 김치찌개가 일품이었어요. 캠핑 자주 가고 싶어요."

성역할이 조금 변했다고 하는 게 요리하는 남편으로 인식되고 있음을 느낀다. 밖에서는 친절하고 집에서는 왕이 되는 남편, 집에서는 요리하지 않지만 캠핑 가서는 요리사가 되는 아빠, 여행을 가야만 공주가 되어야 하는 아내. 이 모든 것이 공평한가?

이런 걸 친절한 아빠로, 아내를 배려하는 남편으로 묘사되는 게 당연한가. 한 번은 고민해봐야 할 문제다. 일상이 공평하고 당연해야 하는데 어떤 상황이 되었을 때만 하는 것이 이상적인 환경인가.

반대로 돈 잘 버는 아내는 집안일을 하지 않아도 무방하고 밖에서는 능력 있는 커리어 우먼으로 칭송받는 것이 당연하다고 느끼도록 만드는 사회적 여론도 마찬가지다.

우리는 남자와 여성으로 나눠진 존재이기도 하지만 "인간"이라는 큰 틀에서 바라봐야 하는 존재라는 걸 잊고 살아가는 것 같다. 사회가 만든 틀 안에서 역할을 강요받지 않고 서로 협력하고 조율해서 공평해지는 환경을 만드는 게 중요하다.

가끔 시소를 타듯 한쪽으로 쏠리기도 하고, 한쪽이 버겁다고 느낄 때 손을 내밀어 무게를 나누는 것. 우리가 다음 세대에게 자연스럽게 물려주어야 하는 습관이다.

감정의 가족적 측면

"여자가 집에서 하루 종일 뭐 하노?!"

작은아버지 댁에 다녀온 할머니가 우리 집에 와서 하는 첫 마디가 이랬다. 물론, 우리 엄마도 나도 청소에는 재주가 없었다. 그 당시 엄마는 아버지와 뱃일하시는 상황이라 늘 집이 어수선했다.

뱃일을 마치면 공판장에 가야 했고, 공판장에서 돌아오면 다시 뱃일을 위해 준비할 것이 많았다. 잠도 늘 부족했다. 그런 엄마에게 할머니가 넌지는 말은 죽창이었다. 며느리가 고생한다는 말은 못 해도 이런 말은 하지 않았어야 했다. 하지만 우리 할머니는 이런 말을 반복했다. 엄마는 이 말을 무척 싫어했고 아버지는 엄마를 대신해 방어했지만 역부족이었다.

이런 일들이 쌓이면서 엄마와 할머니의 관계는 어색하다 못해 원수가 되었다. 서로 보지 않으면 좋을 것인데, 보지 않고 살 수 없는 환경이었다. 할머니는 우리 집에서 살고 계셨기 때문이다. 나도 이런 일을 자주 겪다 보니 할머니와 함께 사는 게 불편했다. 게다가 말 한마디를 해도 기분 나쁘게 하셨다.

내가 할머니 성에 차지 않게 설거지하면 "제 어미 닮아서, 하는 꼴 좀 보소!" 하시거나, 내가 감정이 상해서 할머니께 대들 기세만 보여도 "저것 봐라. 딱 제 어미다!"라고 하셨다.

할머니의 이런 말투는 엄마와 내 형제들에게도 영향을 미칠 뿐 아니라, 사촌들에게도 영향을 미쳤다. 어른들에게는 무엇을 해도 못 하는 아이들이었고, 사촌들에게는 천덕꾸러기로 인식되었다. 가족이란 울타리 안에서 늑대와 여우가 있고, 조랑말과 채찍이 있다는 걸 그때 알았다. 늑대와 여우는 할머니와 사촌들이었고, 조랑말은 나와 동생들이었고 채찍은 할머니의 말투였다.

어린 시절의 나는 그런 환경이 싫었지만 그걸 감내해야 했고, 감정은 점점 노란색에서 검은색으로 변했다. 암흑의 시대였다. 감정에도 색깔이 있다면 분명 이랬다. 이때 감정의 색을 바꾸는 방법을 알았더라면 나는 좀 더 감정에 솔직한 사람이 되었을 것이다. 가족이니까 참아야 하고, 가족이니까 들어도 마땅한 것이 감정이라고 여기며 살아왔다.

감정의 색을 내가 변화시킬 수 있는 방법을 찾도록 도와주는 역할을 가족이 해야 하는 게 아닐까. 감정을 분할 하면 어떻게 될까? 맛있는 과일을 먹기 좋은 크기로 자르듯이 한다면 문제가 생길까? <인사이드 아웃>이라는 영화가 생각난다. 이 영화를 본 사람이라면 하나의 감정이 커지면 일상이 무너진다는 것과 무너진 일상을 회복하기 위해서는 큰 노력이 필요하다는 것을 알았을 것이다.

나를 만나기 위해 감정이 필요하고, 감정을 통해서 나를 발견하는 게 이 영화의 주제다. 우리는 감정을 발산하면서 성장하고 성숙한다. 감정을 제대로 표현할 수 있다면 그것이 단순한 감정의 차원을 넘어선다는 것을 우리는 자라면서 알게 된다. 다만, 가족이나 가정에서 알기보다 다른 곳에서, 사회적 구조에서 알게 되는 일이 흔한 게 문제라면 문제다.

가정은 작은 사회라고 한다. 이 사회 안에서 묵과되는 것이 감정이라는 것은 누구나 알고 있다. 하지만 묵과된 감정이 나와 가족에게 상처로 남는다는 것을 알기까지는 오랜 시간이 걸린다. 이 시간은 사라지는 것이 아니라 감정을 더욱 단단하고 암울하게 마음의 지층으로 자리 잡게 한다. 이것이 문제다. 이 문제를 해결하기 위해 가족을 떠나거나 인연을 끊는다는 표현을 쓴다.

부모와 형제자매라는 단순한 사회에서 상처를 치유하는 것보다 상처 주는 것에 익숙해진 모습을 볼 때가 있다. 이건 우리가 모두 겪는 일이다. 상처의 강도와 빈도는 각자 다르겠지만 "가족이니까"라는 명제 안에서 빈번하게 일어나는 현상이다. 그 때문에 가족이라는 가장 원시적인 사회적 제도가 가장 중요한 역할을 한다는 것을 알게 된다.

가족이니까 상처의 깊이를 따지지 않고 '이해'와 '배려'라는 사고의 틀에 가둔 채 상처를 당연히 받아들이게 하는 것은 지양해야 한다. 가족이니까 먼저 안아주고 위로하고 이해하고 배려해서 감정을 어루만져 주어야 한다. 가족이 주는 상처가 나의 트라우마가 되고 나의 성장을 방해한다면 더 이상 가족의 역할은 유지할 필요가 없다. 나는 어린 시절 할머니를 통해서 내 감정을 억누르고 숨기는 것에 익숙했다. 그런 경험이 내가 사람들을 대하는 태도가 되었다.

만약, 가족이 감정을 분할 하거나 감정의 색을 다양하게 표현할 수 있게 한다면 우린 감정을 잘 소화할 수 있는 능력을 갖추게 될 것이다. 감정은 일회용이 아니라는 점, 나의 기분에 따라 상대방에게 나의 감정을 던지는 행위는 하지 않아야 한다.

그 상대가 나의 가족이라 하더라도 감정을 아이들이 물감 놀이하듯 하면 안 된다. 감정이 물감이라면 정해진 곳에서 표현해야 한다. 시간, 공간을 나누지 않고 상대방에게 무조건 꺼내면 곤란하다.

서로를 배려하는 약속을 정하고 정해진 약속을 규칙처럼 지키는 게 중요하다. 그래야 우리는 나의 감정에 맞는 색을 드러낼 수 있고, 감정이라는 색감으로 범위를 정할 수 있다. 아무리 예쁜 색이어도 섞이면 검정이 된다는 걸 잊지 않아야 한다.

무지개가 아름다운 건 정해진 선을 넘지 않았기 때문이다.

마음 정리를 위한
3가지 실천 습관

첫째 : 음악을 듣는다

"아니, 왜 방 청소를 계속 미루냐고!"

"먹은 그릇은 제발 싱크대에 담아!"

"아니, 샘. 그게 어떻게 그 말이 돼?"

"내가 옳다는 게 아니라, 한 번 더 살펴보자는 거잖아요!"

화가 난다. 내 마음을 읽어주지 않는 가족과 내 생각과
다른 해석을 내리는 지인 때문에. 뭐가 잘못된 거지? 혼자
곰곰이 생각해봐도 잘 모르겠다.

내가 너무 일방적인지, 아니면 해석의 오류를 남길 수 있는 문제를 해결하지 않은 탓인지. 이럴 때 나는 음악을 듣는다. 커피 한잔을 들고 나 혼자 있는 시간을 가진다.

　자질구레한 대화들이 마치 바람에 휘날리는 낙엽처럼 내 주변을 서성거린다. 이리 왔다, 저리 밀려가기를 반복하며 커피잔에 퐁당퐁당 발장구도 치고, '누구야! 누가 또 생각 없이 돌을 던지나~!' 노랫말도 귓가에서 맴을 돈다. 머리를 흔들어보지만 실체가 없는 말들은 투명 인간처럼 여기저기 망토를 쓰고 돌아다닌다.

　내 마음에 돌을 던진 사람은 다름 아닌 나다. 음악을 들어도 듣는 순간부터 내 마음에 들어오지 않는다. 방랑자처럼, 나그네처럼 내 마음의 문만 여닫기를 몇 번이나 반복한 후에 나의 호흡이 조금 가라앉으면 그때 내 마음으로 들어온다.

　"누구 계세요? 이 마음의 주인이신가요?"라며, 노크도 없이 불쑥! 그와 동시에 아이의 말이 떠오른다. "아니, 엄마. 엄마가 내 방에 안 들어오시면 되잖아요. 그리고 나는 아직 불편하지 않아요. 엄마가 불편하신 거잖아. 그러니까 내 방에 불쑥 들어오지 마세요. 아셨죠?"

생긋 웃으며 건네는 아들놈의 말이 새삼 뭉클하다. 꼭 너무 삶아버린 시금치처럼 내 마음에 찐득하니 뭉개진다. 지인의 말도 그렇게 하나씩 되새김질하며 문득 내가 무엇을 잘못했는지 알게 된다.

음악이란, 내 마음을 대신하는 가사가 있고, 리듬이 있고, 현실을 잊게 하는 요소가 있다. 내가 즐기는 음악은 지브리의 음악이다. '히시아이 조'가 연주하는 곡을 특히 좋아한다.

음악이 주는 위로나 감성적인 부분은 누구나 느끼는 것이지만 나는 상상력을 키우는 데 활용한다. 화가 나는 이유를 하나하나 해부하거나 조립할 때, 퍼즐 조각을 맞추듯 생각을 정리할 때 아주 유용하다. 세상의 모든 음악이 주는 위로는 각자가 느끼고 좋아하는 쪽으로 흐르게 마련이다.

나는 잔잔하고 은은한 곡을 즐기는데 이유는 한가지다. 나는 논리적으로 따지는 걸 좋아하고, 이성적인 판단을 바탕으로 감성적으로 결론을 짓는 성격이다. 그 덕분에 논리적인 구조를 세울 때 차분하게 생각하도록 유도하는 역할을 한다. 또한 이성적인 판단을 요구할 때, 더 확실하게 논제를 파악하는 힘을 얻게 한다. 물론, 이러한 건 모두 나에게만 맞는 방식이다.

마지막으로 감성적인 부분에서 더 부드럽게 만드는 데 쓴다. 마치, 나물을 무치고 마지막에 참기름을 한 방울 떨어뜨리듯. 그 한 방울이 주는 미감의 시너지를 믿기 때문이다.

아울러 화해하는 방법을 찾는데 확실한 상상력을 제공한다. 확실하다고 하니까 무조건 하하, 호호 웃으며 화해하는 것을 상상할 수 있을 것이다. 하지만 확실하다는 것은 최소한의 언쟁은 피할 수 있다는 것을 의미한다. 더 이상의 바람은 욕심일 뿐이다.

두 번째, 산책한다

산책하는 목적은 아주 단순하다. 복잡한 머리를 비우기 위해서다. 머리를 비우는 데 웬 산책이라며 질문할 수 있다. 몸을 움직이는 건 신체활동이지, 두뇌활동이 아니라고 하는 사람도 있다. 하지만 우린 살아있는 존재이고 움직이지 않으면 신체 구조가 흐트러진다는 약점을 가지고 있다.

몸이 찌뿌드드할 때 스트레칭을 하는 이유가 여기에 있

다. 생각을 비우는 것은 쓰레기통 속에 가득찬 쓰레기를 비우는 것과 같다.

나는 산책하면서 식물과 하늘과 구름을 바라보고 관찰하는 것을 좋아한다. 계곡의 흐르는 물을 보면서 나를 들여다보는 시간도 즐긴다. 네 잎 클로버를 찾는 것도 좋아한다. 쪼그리고 앉아 햇살을 받으며 반짝이는 그들의 이야기에는 네 잎이 주는 행운보다 더 적나라한 삶이 있다. 크기도 다양하고 모양과 무늬도 다양하다.

나태주 시인의 "오래 보아야 예쁘다. 너도 그렇다." 이 시의 의미를 알 수 있다. 시가 주는 즐거움이 산책을 통해서도 느낄 수 있다는 것이 나의 지론이다. 나에게 산책은 작품을 구상하거나 전개할 때 많은 영감을 준다. 그 덕분에 다양한 작품을 구상하고 창작한다.

관찰이 주는 즐거움과 그 즐거움이 안겨다 준 발견은 세상을 바라볼 때 다양한 시각과 시계를 제공한다는 점이 장점이다. 자연은 나와 전혀 다르지만 나에게 긍정적인 에너지와 영향을 미친다. 사람과의 관계 설정에서 어떤 방향으로 나아가야 하는지 알게 한다.

나무에 기생하는 식물을 보면서 나를 반성한다. 내가 혹여 저런 모습으로 사람에게 다가가는 건 아닌지 돌아볼 시간을 얻는다. 인간관계에서 나에게만 유리한 일은 없다. 자연의 모습에서 그걸 깨닫는다. 나는 잎이 모두 떨어진 겨울나무를 바라보는 걸 좋아한다. 나무의 뻗음, 기개, 조화를 통해 사람이 가졌을 때와 가진 것이 없을 때의 모습과 비교한다.

나무의 모습을 보면서 사람을 어떻게 대해야 하는지 알게 된다. 신뢰 있고 의리 있는 사람은 가진 것이 없고 절망적일 때 옆에 있어 주는 사람이라고 했다. 나도 그렇게 살고 싶다.

셋째, 글을 쓴다

나는 등단한 지 좀 오래됐다. 지방문예지이긴 하지만 필력으로는 17년이다. 그동안 책을 한 권도 내지 못하다가 2023년도에 작심하고 그동안 미뤘던 책을 냈다. 실직의 상태였기도 해서 마음먹은 대로 해보자는 다짐이 적중했다. 그 덕분에 강원문화재단과 강원특별자치도의 지원금의 혜택을 받은 소설집이 나왔고, 공저 에세이, 공저 동화책, 그림동화 전자책을 냈다.

소설집을 제외한 세 권은 코칭 프로그램을 통해서 얻은 성과다. 이렇게 할 수 있었던 것은 다작했기 때문이다.

마음이 울적하고, 뭔가 내가 뜻하는 대로 되지 않을 때 내가 하는 것은 시간에 상관없이 글을 쓰는 것이다. 잠을 설칠 때도, 뭔가 아이디어가 떠오를 때도 무조건 쓴다. 스마트폰에도 저장하고, 컴퓨터와 노트에도 쓴다. 말이 되든 그렇지 않든 무조건 쓴다.

바스락, 바스락. 잠이 많은 남편이 듣고 깰까 봐 조심조심하며 컴퓨터를 켜고, 노트에 메모한다. 나는 생각이 많은 사람이라 하나의 생각에 꽂히면 거의 밤을 벌세우듯 나란히 세운다. 학교 다닐 때도 밤샘 공부가 뭔지 몰랐던 사람이다. 그런 내가 글을 쓰면서 화를 가라앉히고 계획을 세우고 도전할 목록을 쓴다.

시, 시조, 소설, 동화 가리지 않고 글을 썼다. 어느 게 나와 맞는지도 모르겠고, 나의 색깔을 분명하게 드러낼 수 있는 분야를 찾기 위해서였다.

나는 신기하게도 매년 신춘문예에 도전했고, 환상적으

로 떨어졌다. 그러다가 2018년『동서문학상』에 소설이 입선했다. 내가 등단한 문학은 시조였는데, 소설에서 빛을 보다니! 이때부터 나의 글은 점점 길어졌다. 글 쓰면서 생각을 정리하고, 작품을 구상할 때 인간관계를 더 구체적으로 쓸 수 있었다. 감정을 전달할 때, 의견을 전달할 때 말의 억양이나 단어가 다르듯, 우리의 감정도 희로애락에 따라 단어의 선택이 달라진다. 그뿐만 아니라 나도 글처럼 살아간다는 것이다.

좋은 말은 살아있음을 존중하는 말이라는 것을 알게 한다. 글도 그렇게 쓰려고 한다. 당신이 살아있음에 내가 행복하다는 것을 나는 글로 표현한다.

"당신이 있어 내가 빛납니다. 고맙습니다."

콤플렉스
극복하게 해준 말

나는 어릴 때부터 뼛속까지 새길 수밖에 없는 말을 듣고 자랐다. 태어나서 결혼하고 큰아이를 낳고 난 뒤에도 들었던 말이 있다.

"키가 너무 작다."

나는 외가에서 어린 시절의 대부분을 보냈다. 나의 어린 시절은 태어나서 초등학교 입학하기 전까지를 말한다. 그렇다고 그다음부터는 어린 시절이 아니냐? 그렇진 않다. 시간적 분류를 위해 이렇게 말하는 것이다.

나에게 있어 외할머니는 특별한 분이다.

　내가 세상에 존재할 수 있는 이유를 명확하게 남기신 분이기도 하고, 내가 세상을 살아갈 때 굳건하게 지탱할 수 있는 삶의 뿌리를 단단하게 내리게 해주신 분이다. 시니어 세대가 되어 가는 지금도 나는 엄마보다 외할머니가 더 그립다. 내가 너무 솔직해서 우리 엄마가 섭섭해해도 어쩔 수 없다.

　나는 외할머니댁에서 태어났다. 1969년. 참 까마득한 옛날이 되었고, 21세기의 아이들은 조선시대라고 생각할 수 있는 그때 내가 세상에 태어났다. 추운 겨울. 음력으로 섣달그믐을 앞둔 날 새벽이었다. 오전 3시. 별들이 차갑게 빛나던 그 시간에 약한 울음이 세상에 신고식을 하던 그날, 나는 숨을 제대로 쉬지 않았다. 게다가 너무 작았다.

　아이가 이렇게 작을 수 있나? 외할머니도 놀랐다고 했다. 아이를 씻기는데, 세숫대야에 넣어도 공간이 남아서 고래도 헤엄칠 정도였다고. 하지만 아이가 숨을 쉬지 않아 놀란 할머니는 걱정이 태산이었다. 허둥지둥 나를 씻기고 호흡을 찾는다고 어수선했다. 그런 모습을 보면서 아버지는 나를 버리라고 했고, 외할머니는 우셨다.

몸이 점점 차가워지는 나를 씻긴 후 이불로 돌돌 말아도 체온이 오르지 않는 나를 아버지는 문밖에 내놓으셨다. 엄마와 외할머니는 아버지와 다퉜다. 외할머니는 애를 죽일 셈이냐며 호통을 치셨다. 아버지는 힘이 세셨고 외할머니는 약했다.

나는 아버지의 손에 의해 문밖으로 쫓겨났다. 어차피 딸이고, 숨도 제대로 못 쉬는 아이는 죽을 수밖에 없다는 게 아버지의 말이었다. 외할머니는 엄마의 수발을 이모에게 맡기고 문밖에 있는 나를 안으셨다. 숨소리도, 체온도 더 이상 느낄 수 없다는 절망감에 한참을 안고 우셨다. 우시면서 내 몸을 문지르셨다. 천천히, 부드럽게, 따뜻하게, 오랫동안 온몸을 문지르셨다.

시간은 흐르는데 아이는 살아날 기미가 보이지 않았다. 너무 이상해서 혹시 콧구멍이 없는 게 아닌가 생각할 정도였다. 외할머니의 손바닥이 점점 뜨거워지고 나의 몸에 혈색이 돌기 시작했다. 그렇게 시간이 흐르고 정말 끝인가? 싶을 즈음, 나의 울음이 터졌다. 살았다. 내가 숨을 제대로 쉬기까지 외할머니의 세상은 지옥이었다.

나의 삶은 이렇게 시작되었고, 이날부터 나는 외할머니

와 살게 되었다. 외할머니에게는 내가 첫 손녀였고, 제일 아픈 손가락이 되었다. 잘 먹지도 않고, 잘 자라지 않는 아이. 세상에 태어나 축복 대신 죽음을 선물 받은 아이가 바로 나다.

나의 이런 험난한 출생의 비밀은 고등학교 때 외할머니에게서 들었다. 내가 말을 시작하면서부터 귀에 딱지가 앉아 너덜너덜해질 때까지 해주신 말씀이 있다. 이 딱지들이 내 마음에 깊이 뿌리를 내리며 무성하고 튼실하게 자랐다.

"탁아, 키가 작아도, 딸이이도 갠찮다. 똑똑하모 된다. 사람이 똑똑하고 하고 싶은 말을 잘 하모 아무도 니를 함부로 몬한다. 말도 함부로 하지 말고. 이 할매가 못 배웠어도 이거 하나는 알지. 하모. 니는 똑똑하니 무슨 말인지 알끼다. 절대 기 죽으모 안된다. 알았제?"

외할머니는 글도 못 읽으시면서 4살인 내게 책도 얻어다 주셨다. 4킬로미터가 넘는 거리에 초등학교가 있었다. 그 길을 걸어가 선생님께 부탁해서 국어책을 얻어다 주셨다. 똑똑하게 자라라고.

외할머니는 내가 숨을 제대로 쉴 수 있는 그 시간부터 은인이었다. 내 존재의 힘이었고 나를 대하는 태도가 남다르신 분이었다. 항상 기를 세우는 말씀을 해주셨다. 내 키가 작아서 속상하다고 울 때마다 쓸데없는 소리 한다고 어깨를 토닥여 주셨다. 키는 세상에서 정한 기준이고 내 자존감의 기준은 아니라는 걸 늘 일깨워주셨다.

세상이 내게 정한 기준은 "키"였고 그건 나의 자존심을 무너뜨리기에 충분했다. 하지만 생각해보면 이 말 외에도 수많은 말이 사람들의 자존심을 무너뜨린다. 예를 들면, '못생겼다.', '입이 크다.', '말을 더듬는다.' '뚱뚱하다.' 등의 말이다. 이런 부정적인 말들을 이길 수 있는 것은 나를 제대로 바라볼 수 있는 시각을 길러주는 어른이나 동료의 말을 듣고 나의 자존감을 높이는 것이다. 자존감은 자존심과 다르다.

자존감은 내가 가진 콤플렉스를 인정하면서 나의 긍정적인 에너지로 순환하는 것이다. 자존심이란 나의 핸디캡을 부정하면서 상대에게 그것이 아니라는 걸 받아내려는 욕심이다. 그러니 자존심을 살리고 싶으면 자존감을 높이는 연습이 필요하다.

요즘 아이들 말처럼 "그냥 쿨하게 인정!" 해놓고 그 핸

디캡이 세상을 살아가는 데 큰 역할을 하지 않는다는 것과 나만이 가진 다른 장점을 대중에게 알리면 된다.

우리는 가끔 착각한다. 자존심이 세면 자존감도 높은 것으로. 절대 잊지 말아야 한다. 자존심과 자존감은 전혀 다른 의미다. 나를 사랑하는 사람은 자존심만 내세우지 않는다. 자존감이 높은 사람은 자신의 콤플렉스를 인정하면서 더 성장해 나가는 발판으로 삼는다.

나는 외할머니의 바람대로 똑똑하고 말을 야무지게 잘하는 아이, 자존감이 높은 일명 "애늙은이"로 자랐다. 말에 힘을 싣는 법과 말을 적당히 하는 법, 그리고 생각을 깊이하는 사람으로 성장할 수 있었다.

말에서 꽃이 핀다는 것을 알게 된 것도 외할머니의 사랑을 먹으며 자란 덕분이다. 그 때문에 나는 남에게 험한 말을 하고 나면 몸살을 한다. 며칠을 끙끙 앓으며 나를 반성한다. 내가 말을 잘못했노라 중얼거리면 몸살이 말끔하게 사라진다.

나의 작은 키가 세상에서 환하게 빛을 받을 수 있도록 해주신 외할머니. 무척 그립고, 존경합니다.

제3장

이현정

이현정 라이프코치

『엄마는 힘이 세다』 저자

교육기업 웅진씽크빅 본부장 출신으로 20년차 워킹맘이다. 웅진씽크빅에
입사 후 20대 최연소 팀장에 뒤이어 국장과 수석국장을 거쳐 41세에 본부
장로 올라간 최연소 승진의 아이콘이다.

20년간 일과 육아를 병행하면서 수많은 장벽과 좌절에도 포기하지 않고
의연하게 일어섰다. 암 투병을 겪으면서도 긍정마인드를 잃지 않고 퇴사 후
작가라는 새로운 길에 도전하여 『엄마는 힘이 세다』를 출간했다.
제2의 인생은 '라이프코치'가 되어 사람들이 자신의 잠재력을 최대한 발휘
하도록 돕고 그들의 삶에서 긍정적인 변화를 만들고자 한다.

인스타그램: @happy._.lifecoach

좋은 날이 있으면
나쁜 날도 있다

인생은 "새옹지마"라고 한다. 중국 고사성어로 '인생의 길흉화복은 변화가 많아서 예측하기가 어렵다.'는 뜻이다. 어떤 일이 발생했을 때 당장은 좋지 않은 것처럼 보여도, 시간이 지나면 그것이 오히려 좋은 결과를 가져올 수 있다는 것을 의미한다.

18년간 세일즈를 하면서 늘 그렇게 생각하며 살았다. 다양한 사람을 만나고 경험하면서 의연해졌다. 지금도 어느 상황에서나 '일희일비 하지 말자.'라는 소신이 있다.

출산 후에 겪은 산후 우울증이 일을 시작하게 된 계기였다. 시댁에서 결혼을 서두른 탓에 스물여섯의 젊은 나이에 아이를 낳았다. 그때는 정말 아무것도 모르는 너무 이른 나이였다.

철부지 엄마에게 찾아온 산후 우울증은 쉽게 극복되지 않았다. 어디론가 뛰쳐나가고 싶은 마음을 달래기 위해 일을 시작하게 됐다.

당시 아이를 데리고 할 수 있는 일은 교육 세일즈밖에 없었다. 당장 할 수 있는 일이 이것뿐이라 시작했지만 돌이켜보면 좋은 선택이었다고 생각한다.

출판사에서 근무하면서 육아도 병행할 수 있어서 매우 다행이었고, 그 덕분에 아이를 잘 키울 수 있었다. 세일즈 분야에서는 노력이 성과로 명확하게 드러나는 것을 보았다. 나와 아이를 위해 전념하면서 한눈팔지 않고 꾸준히 노력한 결과, 입사 15년 만에 업계에서 최연소로 지역 본부장으로 승진하는 영광을 얻었습니다.

그간 끊임없이 앞만 보고 달려온 시간이 마침내 보상받는 기분이었다. 남편과 아이도 이 소식을 듣고 매우 기뻐하며 축하해주었다. 이 모든 경험은 내게 큰 자부심과 만족감을 주었다.

지역 본부장으로 승진한 후, '행복한 본부'라는 문화를 만들기 위해 노력했다. 우리 팀의 교사, 팀장, 국장 대부분이 워킹맘이었기 때문에, 아이를 데리고 일하는 것이 얼마나 힘들고 고단한 일인지 잘 알고 있었다.

그들이 열심히 일하는 동안 겪는 어려움과 그 고생이 무엇으로 보상받을 수 있는지를 깊이 이해하고 싶었다. 그들의 노력을 진심으로 알아주고 싶었다. 이를 위해, 직원들이 일과 가정생활을 조화롭게 병행할 수 있는 환경을 조성하는 데 주력했다.

'행복하게 일할 수 있는 환경'을 조성하기 위해 노력한 결과, 본부 출범 후 2년 동안 원하는 문화가 점차 자리 잡기 시작했다. 직원들이 일하는 것을 즐기는 본부를 만들었다. 그러나 그 행복한 시간은 오래가지 못했다.

자가 검진 중 가슴에 작은 혹을 발견하고, 별걱정 없이 병원을 방문했다. '설마, 나는 아니겠지'라는 생각으로 의사를 만나 검사 결과를 기다렸다. 하지만 예상치 못한 결과가 나왔다.

유방암이었다. 별일 아니라고 생각해서 혼자서 병원에 갔었다. 결과를 듣고는 잠시 동안 뇌가 멈춘 듯, 아무 생각도 할 수 없었다.

무엇부터 해야 할지 몰랐다. 그 순간, 나락으로 떨어지는 듯한 절망감을 느꼈다. 하지만 그럼에도 불구하고 침착함을 유지하려 애썼다.

두 딸을 생각하니 눈물이 왈칵 났다. 하지만 나는 엄마이기 때문에 참아야 했다. 딸들과 회사 직원들을 걱정시키고 싶지 않아서, 아픈 사실을 알리지 않고 조용히 입원하여 수술받았다. 남편은 옆에서 간병하며 나를 위로해 주었다. 치료가 끝날 때까지 주변 사람들은 대부분 나의 상황을 몰랐다.

1년이 지나서 짧았던 머리카락이 조금 자랐을 무렵 '암 밍아웃'을 통해 사실을 알렸다. 모모두가 소식을 듣고 깜짝 놀랐다. 지방에 있던 지인은 한걸음에 달려왔다.
"그동안 아픈지 정말 몰랐어. 혼자 많이 힘들었지?"
지인의 말에 순간, 먹먹해졌다. 하지만 아프다는 핑계로 연락도 소홀했던 터라 오히려 내가 더 미안했다. 이 경험을 통해 나와 가족은 서로를 더욱 소중하게 여기게 되었다.

사실, 암 진단을 받고 1년 동안 수술과 항암을 하며 일을 병행했다. 잘하고 싶은 마음은 굴뚝같았지만, 몸이 따라주지 않았다. 결국, 일을 계속 유지하지 못하고 퇴사해야만

했다. 나의 열정적이었던 20년간 회사 생활이 막을 내렸다. 처음엔 목표를 잃은 것 같아 허무함이 밀려왔다.

하지만 퇴사한 후에도 인생은 계속되었다. 오랫동안 몰두했던 직장을 떠났지만, 여전히 성장하고 싶었고 새로운 꿈을 꾸기로 했다. 인생의 두 번째 막에서는 좀 더 의미 있는 일을 하고 싶었다.

그동안의 경험과 성찰을 바탕으로 일과 육아 사이에서 고민하는 엄마들에게 위로와 응원의 메시지를 전달하고 싶었다. 이를 통해 더 많은 사람에게 긍정적인 영향을 미칠 수 있는 방법을 찾고자 했다.

암 진단과 퇴사라는 아픔은 나를 더욱 단단하게 만들었다. 이제, 두 번째 꿈을 꾸며 그에 대해 설레는 마음을 느낀다. 새로운 꿈을 향해 오늘도 글을 쓴다.

글쓰기는 마치 새 캔버스에 그림을 그리기 시작하는 것 같은 과정이었다. 생각을 글로 풀어내면서 나 자신과 더 깊이 대화할 수 있게 되었다.

글을 쓰는 동안 과거의 아픔에서 벗어나 정서적으로 치유를 받고, 젊은 날의 열정을 다시 느낄 수 있었다. 이 과정은 내게 새로운 시작의 기쁨과 함께, 삶의 다음 단계를 향한 확신을 주었다.

인생은 예측할 수 없는 변화의 연속이며, 이러한 변화는 우리가 누구인지, 우리가 어디로 가고 있는지를 규정한다. 성장하는 과정에서, 우리는 순간마다 선택하게 되고, 그 선택들이 모여 우리의 삶을 만든다. 이러한 깨달음은 인생의 고저를 경험하며 더욱 명확해졌다.

지난 몇 년 동안의 내 삶은 많은 시련과 도전, 성공으로 가득했다. 산후 우울증, 경력의 성공, 암 진단 후 퇴사까지 각각의 경험이 귀중한 교훈을 주었다. 특히 암 진단은 삶을 근본적으로 변화시켰고, 무엇이 정말 중요한지를 깨닫게 해주었다.

이 경험을 통해 얻은 가장 중요한 교훈은, 인생에서 좋은 날도 있고 나쁜 날도 있다는 것이다. 그리고 각각은 서로를 보완하며 우리를 더 강하고 지혜롭게 만든다. 이처럼 좋은 날을 축하하고, 나쁜 날은 인내와 극복을 통해 극복하려 노력하며 살아가고 있다.

영국 시인 새뮤얼 존슨은 "삶이 내게 가르쳐준 가장 중요한 교훈은, 심각한 슬픔에 굴복하지 않고, 잠시 행복을 맛보았을 때 과도하게 들뜨지 않는 것이다"라고 말했다. 이 말은 내게 인생의 균형을 찾고 각 순간을 겸허하게 받아들이는 법을 일깨워주었다.

　오늘은 행복할 수 있지만 내일은 어려움이 닥칠 수 있고, 다시 행복해질 수 있다. 그저 반복되는 하루하루를 잘 살아가는 것이 중요하다. 인생의 여정에서 남은 날들을 겸허하게 받아들이고 배워야 한다.

◀ 스트레스가
● 일상이 되지 않게

현대사회에서 스트레스는 일상이 됐다. 특히 직장인에게는 피할 수 없는 현실이다. 하지만 스트레스가 우리의 삶을 지배하지 않도록 해야 한다. 무엇보다 일과 생활의 균형을 맞추는 것은 누구에게나 중요한 과제이다.

20년간 워킹맘으로서 살아오면서 직장 생활과 육아를 병행해 왔다. 사실 일과 육아를 같이 한다는 것 자체가 24시간 스트레스로 생각될 수 있다. 그래서 이 두 영역 사이에서 균형을 찾으려고 노력했다.

이것은 단순히 시간 관리의 문제를 넘어서, 우리의 삶을 어떻게 인식하고 가치를 부여하는지에 대한 문제라는 것을 깨달았다.

워킹맘으로 살면서 스트레스 관리에 가장 효과적이었던 것은 'ON/OFF 스위치'를 사용하는 것이었다. 업무 시간에는 'ON'으로 전념하고, 집에 돌아오면 'OFF'로 전환하여 가족과의 시간을 최대한 즐겼다.

이러한 분명한 분리는 업무와 육아의 균형을 잡는 데 큰 도움이 되었다. 먼저 일과 개인 생활의 명확한 경계가 필요했다. 업무와 개인 시간 사이에 명확한 경계를 설정하는 것은 스트레스를 줄이는 데 중요한 첫걸음이다.

업무 시간에는 최선을 다해 집중하고, 퇴근 후에는 업무와 관련된 모든 연락 수단을 끄는 습관을 들였다. 퇴근 후에는 카톡이나 이메일을 확인하지 않았다. 집에 오면 아이들의 저녁을 준비하고 함께 공부하고 책을 읽으며 엄마 역할에 충실했다.

주말에는 가족들과 여행을 가고 휴식을 하면서 에너지를 다시 충전했다. 이러한 경계 설정은 일과 육아 사이의 적당한 심리적 거리를 만들어 주었고, 업무에서 받는 스트레스를 효과적으로 감소시킬 수 있었다.

유럽 일부 국가는 업무 외 시간에 근로자의 사생활 보장을 위해 '연결되지 않을 권리'(right to disconnect)를 법제화하고 있다.

'연결되지 않을 권리'란 근로자가 퇴근 후 업무 관련 문자나 이메일 등을 받지 않을 권리를 뜻한다. 특히 프랑스는 '로그오프법(Log Off·엘 콤리 법)을 통해 여가생활을 온전히 즐길 수 있도록 보장하고 있고, 독일 또한 '안티스트레스법'을 시행해 노동시간과 휴식 시간을 명확히 구분하고 있다. 이것은 나의 일상에도 큰 영향을 미쳤다.

스트레스를 인식하고 적극적으로 관리하는 것 또한 매우 중요하다. 스트레스가 쌓이기 시작하면 이를 인지하고 적절한 대응 방법을 찾아야 한다.

개인적인 취미나 운동도 스트레스를 줄이는 자기관리에 큰 역할을 한다. 주말마다 하이킹하거나 가족과 함께 시간을 보내는 등 정신적, 신체적 건강을 유지하는 방법이 있다. 이러한 활동들은 일상에서 스트레스를 효과적으로 해소하고 에너지를 재충전하는 데 큰 도움이 된다.

당시 국장으로 승진한 지 얼마 안 되어 개인적인 시간을 내기는 어려웠다. 하지만 일과 육아를 효율적으로 지속하기 위해 나만의 시간이 필요했다. 그래서 업무시간 이외에 점심시간을 쪼개어 취미생활로 드럼을 배웠다.

타악기 연주는 스트레스 관리에 매우 효과적인 활동으로 알려져 있다. 악보를 읽거나 리듬을 맞추기 위해 집중하면서 일상의 걱정거리나 스트레스 요인에서 잠시 벗어날 수 있었다.

이러한 몰입 경험은 '플로우' 상태를 촉진하여 정신적 안정감을 제공해 준다. 연주에 집중하다 보니 정말 그 순간에는 복잡한 생각을 털어버릴 수 있었다. 일이 바빠져서 오래 배우지 못했지만, 몇 개월 동안 배운 기초 실력으로 그때 마련해 둔 드럼을 지금도 가끔 두드리곤 한다.

일과 생활의 균형을 찾는 것은 각자의 생활 방식과 선호에 따라 다를 수 있다. 중요한 것은 자신만의 균형을 찾고 그것을 유지하기 위해 노력하는 것이다. 그것은 한 번에 이루어지는 것이 아니라, 지속적인 노력과 인내가 필요한 과정이다.

스트레스를 역이용하는 힘

미국에서 30,000명의 성인을 대상으로 한 연구에서 참가자들에게 지난 1년간 경험한 스트레스의 양과 스트레스가 건강에 해롭다고 믿는지에 대해 물었다. 그리고 공적 사망 기록을 통해 누가 사망했는지 추적했다.

연구 결과, 많은 스트레스를 경험했지만 스트레스를 해롭다고 생각하지 않은 사람들은 사망 위험이 증가하지 않았다. 심지어 이들은 스트레스를 적게 경험한 사람들보다 사망률이 낮았다. 반면, 스트레스가 건강에 해롭다고 믿은 사람들은 사망률이 43% 증가했다.

하버드 대학에서 진행된 연구에서는 참가자들이 스트레스 반응을 도움이 되는 것으로 재해석하는 방법을 배웠다.

연구 결과, 이러한 긍정적인 인식은 참가자들이 스트레스 상황에서 더 적게 스트레스를 받고, 더 자신감 있게 행동하도록 만들었다. 더욱 놀라운 것은, 심리적 스트레스 반응이 바뀌었다는 점이다.

일반적으로 스트레스 반응에서는 심박수가 올라가고 혈관이 수축하지만, 스트레스 반응을 긍정적으로 바라본 참가자들은 혈관이 이완된 상태를 유지했다. 이는 심혈관 건강에 훨씬 더 좋은 상태이다.

스트레스는 우리의 적이 아니다. 긍정적인 스트레스(positive stress), 즉 유 스트레스(eustress)는 우리에게 도전과 기회를 제공하여 성장과 성취를 돕는다. 우리를 더 집중하게 하고, 목표 달성을 위한 동기를 부여한다.

새로운 직업을 얻거나 중요한 시험을 준비하는 경우 긴장감은 자연스럽지만, 이 긴장감이 우리를 더 집중하게 만들고 성과를 낼 수 있도록 도와준다. 또한, 적당한 긴장은 창의력과 문제 해결 능력을 높이는 데 도움이 된다.

스트레스는 현대 사회의 일상적인 부분이지만 효과적으로 관리하면 우리는 일과 삶의 조화를 이룰 수 있다.

그것은 단지 삶의 한 부분을 개선하는 것이 아니라, 전체적인 삶의 질을 향상하는 일이다. 모두가 스트레스와 건강하게 공존하는 방법을 찾아, 더욱 행복한 삶을 누릴 수 있기를 바란다.

슬픔 속의 기쁨,
아버지의 장례식

장례식은 슬픔이 가득한 장소다. 소중한 사람을 떠나보내는 순간, 우리는 마음 깊은 곳에서부터 오는 슬픔을 느낀다. 주변에는 눈물이 흐르고, 조용한 침묵이 가득하다. 모든 것이 우울하고, 마음이 무겁다.

그러나 이런 슬픔 속에서도 때로는 기쁨이 스며드는 순간이 있다. 떠난 사람을 기억하며 그가 준 행복한 추억을 떠올릴 때, 우리는 슬픔과 기쁨이 교차하는 특별한 감정을 느낀다.

얼마 전 아버지의 장례식은 슬픔 속에서도 안도감과 기쁨을 동시에 느꼈다. 아버지는 약 7년 전 폐암 수술을 받으셨고, 강인하셨기에 수술 후 일주일 만에 퇴원해 혼자 항암치료를 받으러 다니셨다.

그 아픔을 직접 겪기 전까지는 그것이 얼마나 힘든 일인지 몰랐다. 아버지의 항암치료가 끝났을 때 우리는 완치되었다고 생각했다. 하지만 5년 후 뇌로 전이되었다는 소식을 들었을 때는 세상이 무너지는 것 같았다.

그때 마침 나도 유방암 진단을 받아 충격이 더 컸다. 항암치료를 겪으며 매우 힘든 시간을 보냈고, 그 과정에서 아버지가 겪었던 고통을 조금이나마 이해할 수 있게 되었다.

아버지는 뇌 전이로 인해 갑작스럽게 두 차례의 수술을 받으셨다. 수술 후 거동이 어려워지고 호흡이 가빠져서 요양병원에 모시게 되었다. 그때는 상황이 너무 어려워 직접 간병이 불가능했다. 시설이 잘 갖춰져 있음에도 불구하고, 당시에는 아버지를 요양병원에 모시는 것이 마치 고려장을 하는 것 같은 기분이 들었다.

주위에서 '괜찮다', '어쩔 수 없는 일이다'라고 위로했지만, 불효자식이라는 죄책감에 하루도 편할 날이 없었다. 당시 코로나로 인해 요양병원에서는 면회가 전면 금지되어 있었다. 입원 후 단 한 번의 면회도 허락되지 않았다.

매일 통화를 했지만, 가끔 아버지의 정신이 흐릿해져서 통화가 어려울 때면 불안감이 더욱 커졌다. 그렇게 6개월 동안 마음을 졸이다 보니 어느새 나의 항암치료가 끝났다.

그래서 다른 간병 방법을 모색하게 되었다. 다행히 '노인 장기요양보험제도' 덕분에 집에서 요양을 시작할 수 있었다. 재가요양을 신청하고 거실에 환자용 침대, 산소 호흡기, 썩션기를 갖추어 놓았다. 24시간 요양보호사까지 구하고 나니 우리 집은 마치 작은 병실을 옮겨 놓은것 같았다. 요양병원에서 아버지를 다시 모시고 나왔다. 몇 개월 만에 아버지의 손을 마주 잡으니 왈칵 눈물이 났다. "아버지 너무 늦게 와서 죄송해요"

나는 울먹이며 얘기했다.

아버지는 콧줄과 산소호흡기로 인해 말할 수 없었다. 하지만 따스한 눈빛으로 위로하듯 대답해 주었다.

"괜찮아, 이제라도 와줘서 고마워."

죄송한 마음에 구급차로 이동한은 내내 아버지의 손을 꼭 잡아드렸다.

낮에는 출근하느라 요양보호사님이 아버지를 돌봤다. 저녁에 퇴근해서 잠들기 전까지 옆에 있는 게 전부였다.

하지만 아버지의 얼굴을 마주하고 있는 것만도 행복하고 감사한 일이었다.

의사는 아버지가 집에서는 일주일도 버티기 어려울 수 있다고 말했다. 그러나 그 예상을 뒤엎고, 아버지는 무려 100일 동안 우리 곁에 머물다가 돌아가셨다. 산소호흡기와 콧줄을 착용하고 계셔서 말씀은 소리 내 하지 못했다. 하지만 자식들과 마지막까지 눈을 맞추며 편안히 눈감으시던 모습은 아직도 눈에 선하다.

아버지를 떠나보내는 일은 슬픈 일이었다. 하마터면 병원에서 아버지가 홀로 돌아가실 뻔했지만, 가족들과 함께 그 마지막 순간을 지켜볼 수 있어서 정말 감사했다. 아버지가 세상을 떠나신 슬픔 속에서도, 숨이 멈추는 그 순간 손을 꼭 잡아드릴 수 있어서 안도감과 기쁨이 함께 공존했다.

장례식이 시작되자 아버지가 더 이상 곁에 없다는 사실을 받아들이기가 어려웠다. 모든 사람이 울고 있었고, 나도 눈물을 멈출 수 없었다.

하지만 장례식에서 아버지의 생애를 돌아보는 순간, 나는 마음이 조금씩 따뜻해지는 것을 느꼈다. 언제나 자상

했던 아버지의 모습, 함께 보낸 즐거운 시간, 그분의 따뜻한 웃음소리 등이 떠올랐다. 그러자 슬픔 속에서도 어느새 미소가 번졌다. 아버지의 인생은 사랑과 행복으로 가득 찬 것이었고, 나는 그 추억을 떠올리며 작은 기쁨을 느꼈다. 슬픔 속의 기쁨이었다.

이런 감정은 장례식에서 종종 느껴지는 감정이다. 사람들은 떠난 이의 삶을 기리며, 그가 남긴 좋은 추억과 사랑을 기억한다. 비록 그가 더 이상 우리 곁에 없지만, 그의 삶이 우리에게 준 긍정적인 영향은 영원히 남아 있다. 그를 기억하며 눈물을 흘리면서도, 우리는 그와 함께했던 행복한 순간들을 되새기며 미소를 지을 수 있다.

슬픔 속의 기쁨은 삶과 죽음이 동시에 존재하는 장례식에서 더욱 두드러진다. 죽음은 우리에게 슬픔을 주지만, 그가 남긴 사랑과 추억은 우리에게 기쁨을 준다. 그래서 우리는 장례식에서 눈물을 흘리면서도, 때로는 웃을 수 있다. 그것은 떠난 이를 기억하며 그가 우리에게 준 모든 것을 감사하는 마음에서 비롯된다.

나는 아버지의 장례식을 통해 슬픔 속의 기쁨이 얼마나 특별한 감정인지 깨달았다. 비록 그분이 떠났지만, 그가 내게 준 모든 사랑과 추억은 영원히 내 마음속에 남아 있을 것이다. 그러기에 나는 슬픔 속에서도 웃을 수 있다. 이 모순적인 감정은 삶의 깊은 의미를 깨닫게 해주며, 우리가 사랑하는 사람들을 어떻게 기억해야 할지 가르쳐준다. 이렇게 슬픔과 기쁨이 함께하는 순간, 우리는 인간으로서 더 큰 의미를 찾고, 삶의 아름다움을 느낄 수 있다.

제4장

승PD

오랜 시간 인생의 의미나 목적을 찾지 못한 채 방황하며 살다가, 책을 읽고 삶에 적용하기 시작하면서 인생을 바꾼 프로 자기계발러. 과거 술, 담배, 게임 중독자였지만, 현재는 매일 독서, 운동, 글쓰기를 하며 갓생러의 삶을 살고 있는 콘텐츠 크리에이터.

인스타그램 & 스레드 : seung_pd (승PD)

용기를 내서 도전해도
실패가 두렵다면

'갓생설계자'로 활동하면서 새로운 시도를 할 때가 종종 있다. 새로운 운동이나 루틴, 콘텐츠 제작이나 사업을 시작할 때가 그렇다. 이런 순간엔 용기가 필요하다.

실제로 인플루언서나 사업가들에게 제안할 때가 있는데, 이런 제안을 하는 과정이 항상 쉽게만 느껴지진 않는다. 용기를 내어 제안하면서도, 한편으로는 거절당할지도 모른다는 두려움도 든다. 그래서 제안을 미룰 때도 있다.

때론 과거에 거절당했던 기억이 발목을 잡아서 포기하기도 한다. 이럴 땐 이런 두려운 감정이 참 야속하게만 느껴진다.

이런 두려움 자체는 이상한 감정이 아니다. 두려움은 인간이 지닌 생존 본능의 일부이기 때문이다. 대니얼 카너먼이 《생각에 관한 생각》에서 말했듯, 우리는 '손실회피 편향' 때문에 이득보다 손실을 2.5배나 크게 느끼도록 설계된 존재다.

용기란, 두려움을 느끼지 못하는 게 아니다. 두려움을 느끼면서도 기어이 앞으로 나아가는 거다. 윈스턴 처칠도 "용기란 두려움의 부재가 아니다. 두려움에도 불구하고 행동하는 것이다."라고 말하지 않았던가

용기와 두려움 사이에서 갈등을 느낄 때 어떻게 하면 좋을까?

첫째, '두려움 역이용 하기' 방법을 활용해 보자. 시도할 때의 두려움은 잠시 접어두고, 하지 않았을 때 마주할 수 있는 안 좋은 상황을 상상해 보는 거다. 그러면 오히려 두려움이 용기를 낳는 원동력으로 바뀔 수 있다.

성공한 사람들 중에는 자신의 성공 비결로 '두려움'을 꼽는 이들도 있다. 바로 이 원리를 이용하는 거다. 현대 철학자이자 유명 작가인 알랭드 보통도 "아무것도 하지 않

는다는 두려움이, 잘 해내지 못한다는 두려움을 넘어설 때 비로소 행동할 수 있다."라고 말했다.

둘째, '생각 축소법'을 시도해 보자. 생각하는 시간을 줄임으로써 두려움을 줄이는 방식이다. 종종 실패를 피하기 위한 전략을 세운다는 핑계로 너무 많은 생각을 할 때가 있다.

하지만 많이 생각한다고 해서 반드시 생각이 명료해지거나 용기가 생기는 건 아니다. 오히려 생각을 줄이면 두려움도 함께 줄어들 수 있다. 이는 두려움이 생각에서 비롯되기 때문이다. 두려움은 우리가 스스로 만든 비극적인 상상의 일부이며, 이는 종종 현실과는 무관할 수 있다.

생각에서 실행으로 넘어가는 시간을 단축함으로써 두려움이 생길 여지를 줄여보자. 이렇게 하면, 당신은 어느새 용기 있게 행동하는 자신을 발견하게 될거다.

구체적인 방법을 원한다면 '1-1-1 법칙'을 활용해 보자. 방법은 간단하다. 도전하고 싶은 일이 생겼을 때, 난이도에 맞게 최대한 빨리 실행하는 방식이다. 예를 들어 간단한 일은 1분 안에 즉시 실행하는 걸 목표하자. 내 경우엔 책처럼 자기 계발에 도움이 되는 물건을 발견하면 곧 바로 결제한다.

시간이 조금 더 필요한 건 1시간 안에는 착수하자. 여기서 중요한 건, 완벽보다 완성에 초점을 맞추는 거다. 내 경우엔 문득 떠오른 생각을 글로 옮긴다거나, 인연을 맺고 싶은 사람에게 이메일을 보낼 때가 그렇다.

짜임새 있는 계획이나 준비가 필요한 일은 하루 내에 실행하자. 이때 중요한 건, 당장 하기 어려운 상황이라면 스케줄에 언제 하겠다는 일정을 반영해놔야 한다는 거다.

이렇게 1-1-1 방법을 적절히 사용하면 두려움을 느낄 새 없이, 실행력이 높아지는 결과를 보게 된다.

정체성이 행동을 이끌기도 하지만, 행동이 정체성을 만들기도 한다는 걸 기억하자. 용기를 내어 행동할 때마다, 우리는 점점 더 용감한 자아를 갖게 된다.

인생은 아는 만큼이 아니라 하는 만큼 달라진다. 생각만 열심히 한다고 해서 삶은 변하지 않는다. 그렇기에 항상 실행에 초점을 맞춰야 한다. 해보지도 않고서 전부 알고 있다고 착각하진 말자.

셋째, '옵션 사고법'을 적용해 보자. 이건 나심 탈레브의 책 《안티프래질》에서 영감을 얻어서 활용하고 있는 사고 방식이다. 종종 의사결정 선택지에서 용기가 필요할 때 이 방법을 활용한다.

어떤 행위를 할 때, 최고로 얻을 수 있는 이득과 최악일 때의 손실을 객관적으로 비교해 보는 생각법이다. 가령, 당신이 처음으로 비즈니스 제안을 하는 상황이라고 가정해 보자. 이 제안이 거절 당한다면 무엇을 잃을까? 사실 잃는 건 거의 없다. 그저 조금 실망감을 느낄 뿐이다. 반면, 제안이 수락 된다면 큰 성과로 이어질 수 있을 거다.

이걸 마치 주식의 옵션 그래프처럼 생각해 보는 거다. 거절당하거나 실패했을 때의 손실이 마이너스 10이라면, 제안이 받아들여지거나 성공했을 때 이득은 플러스 100이 넘는 상황을 가정해 보는 거다. 이러면 도전해야겠다는 용기가 더욱 강해지는 걸 느낄 수 있을 거다.

마지막으로 한 가지를 기억하자. 제안이 거절당하거나 도전이 실패해도 너무 괴로워할 필요는 없다는걸.

단지 제안이나 방법이 적절하지 않았을 뿐이다. 시기가 안 맞았다거나 운이 따르지 않은 때문일 수도 있다. 따라서 거절이나 실패를 너무 자책하며 자신을 괴롭히지 않았으면 한다. 자책은 용기를 갉아 먹고 두려움을 키우기 쉽다.

두려움은 두려워할수록 더 커진다. 두려운 일도 막상 부딪혀 보면 별것 아닌 일이 많다. 첫 수능이나 취업을 앞두고 느꼈던 두려움을 떠올려보자. 결국 당신은 극복하지 않았던가. 그러니, 너무 두려워하며 살지 말자. 늘 그래왔듯, 당신은 어떻게든 해낼 테니까.

"우리가 가장 두려워할 대상은 두려움 그 자체다."

프랭클린 루즈벨트의 이 말은 두려움의 성질을 잘 드러낸다. 두려워하지 않으면 두려움은 힘을 잃는다.

두려움은 누구에게나 찾아오지만, 그에 맞서 행동하는 것이 진정한 용기다. 앞서 말한 방법들을 활용하여 이 두려움을 이겨내고 용기 있게 나아가기를 바란다.

마음의
균형 맞추는 법

나는 매일 운동, 글쓰기, 독서 등을 통해 자기계발을 하고 있다. 이런 활동들이 내 삶에 충만함을 주는 걸 느낀다.

이 덕분에 몸과 마음이 긍정적인 상태를 유지하고 있다고 믿는다. 하지만 컨디션이 좋지 않을 때는 가끔 부정적인 감정이 스며들기도 한다.

열심히 노력했음에도, 원하는 결과를 얻지 못해서 속상할 때가 그렇다. 그럴 때면 부정적인 감정에서 빨리 벗어나고 싶어진다.

인생이란, 즐거운 여정인 동시에 끊임없는 수행의 과정이라고 생각한다. 그렇기에 긍정적인 감정과 부정적인 기분이 함께 찾아오는 건 이상한 일이 아니라고 생각한다.

하지만 그렇다고 해서 기분에 휘둘리는 게 옳다는 말은 아니다. 기분이 느껴지는 대로 행동하는 건, 미숙한 어린아이나 마찬가지다.

우리는 어른이니까 어른답게 기분을 관리할 줄 알아야 한다. 특히 부정적인 기분을 관리하는 건 중요하다.

긍정적인 마음과 부정적인 생각이 부딪힐 땐 어떻게 해야 좋을까? 여기서 세 가지 방법을 제안하려고 한다.

첫째, '이너 스캐닝'을 해보자. 이너 스캐닝 (Inner Scanning)이란, 자신의 내면을 돌아보는 행위다. 몸과 마음, 주변 환경에 문제는 없는지 깊이 살펴보는 방식이다.

기분은 마음에만 관련이 있는 문제처럼 여겨진다. 하지만 이건 착각이다. 몸 상태, 생각, 컨디션, 주변 환경도 기분에 영향을 크게 미친다. 컨디션이 나쁘거나 몸이 아프면 부정적인 기분이 깃들고, 마찬가지로 주변 환경도 기분에 영향을 준다.

그러니 먼저 자신의 상태를 돌아봐야 한다. 몸과 마음에 영향을 미치는 요소들을 점검하는 거다. 그럼 어떤 부분을 확인하면 좋을까?

　아래의 'SBAMS'(스밤스) 체크리스트를 살펴보자.
Sleep(잠), Breathe(숨), Agony(아픔), Meal(식사),
Surroundings(주변 환경) 5가지 요소를 확인하는 거다.

1. Sleep (잠)

　잠이 부족하면 기분이 나빠지기 쉽다. 그런데 적정 수면
시간을 지키는 것도 중요하지만, 언제 자느냐도 중요하다.
성장호르몬이 많이 분비되는 밤 11시에서 새벽 1시에 잠을
자는 게 좋다. 체내 독소가 제거되고, 생각이 정리되며, 스
트레스가 해소되는 효과가 있다.

　수면 환경과 수면 상태가 좋았는지 돌아보는 것도 중요
하다. 빛이 차단된 조용한 곳에서 잠에 들고, 아침엔 소리
보다 빛으로 깨는 게 좋다. 수면 무호흡증이나 코골이, 이
갈이가 심하다면 수면 치료를 받는 걸 권한다. 부정적인
기분이 들 땐 아래와 같이 자문해 보자.

- 잠을 잘 잔 느낌인가? 어제 밤잠을 설치진 않았는가? 아침에 잠에서 깼을 때 개운한 기분이었는가?

- 수면 환경은 괜찮았는가? 잠들기 전 스마트폰이나 PC를 너무 오래 사용하진 않았는가?

- 수면 시간이 부족하진 않았는가? 어제 너무 늦게 잠들진 않았는가?

2. Breathe (숨)

숨을 쉬는 방식이 기분을 바꾼다. 급하게 쉬면 긴장되고, 천천히 쉬면 안정된다. 강하고 깊이 쉬는 숨이 건강하고 긍정적인 기분을 만든다.

- 숨은 충분히 깊이 들이 내쉬고 있는가? 흉식 호흡 말고 복식 호흡을 하고 있는가?

- 숨 쉬는 게 불편하진 않은가? 너무 가쁘게 숨을 쉬고 있진 않은가?

- 공기가 탁하진 않은가? 주변에 악취는 없는가?

3. Agony (아픔)

　몸과 마음의 통증이나 고민은 기분에 안 좋은 영향을 미친다. 통증이 있다면 무시하지 말고 빠르게 치료받길 권한다. 고민과 스트레스는 쌓아두지 않고 적절히 해소할 수 있도록 하자. 기분이 좋지 않은 걸 느꼈다면 아래와 같이 자문해 보자.

　- 몸에 어딘가 통증은 없는가? 두통, 복통, 근육통은 없는가?

　- 몸에 기운이 없거나 피로가 쌓이진 않았는가? 몸이 평소보다 무겁진 않은가?

　- 안 좋은 일이 있었는가? 해결되지 않은 고민이 있는가? 스트레스받는 일은 없었는가?

4. Meal (식사)

　규칙적이고 균형 잡힌 식사가 좋은 기분을 만든다. 정제된 설탕은 단기적으로 기분을 좋게 만들 수 있지만, 슈가 하이(Sugar High) 현상을 만들어 기분을 롤러코스터처럼 널뛰게 만든다. 이런 불안정한 기분은 불쾌하고 부정적인 기분으로 이어질 수 있다.

- 식사는 규칙적으로 균형 잡힌 식단을 잘 챙겨 먹었는가?

- 지금 배가 지나치게 고프거나 배부르진 않은가?

- 최근 가공식품이나 소금, 설탕을 과도하게 섭취하고 있진 않은가?

5. Surroundings (주변 환경)

인간은 환경에 영향을 받게 설계된 존재다. 주변이 어지러우면 기분도 복잡해진다. 초점 밖 눈에 들어오는 주변 시야까지도 기분에 영향을 줄 수 있다. 청소를 깨끗이 하면 기분도 좋아지는 것도 이런 원리에서 기인한다.

한 가지 간과하지 말아야 할 건, 소리도 기분에 많은 영향을 준다는 사실이다. 계속 소음에 노출되면 빨리 피곤해지고 예민해진다. 슬픈 멜로디는 우울한 기분을 부르고, 과격하고 격양된 음악은 흥분되고 공격적인 기분을 만들 수있다. 기분이 나쁠 땐 아래의 항목을 체크해 보자.

- 책상이나 주변 환경은 잘 정리되어 있는가? PC 바탕화면은 깔끔한가?

- 주변에 소음은 없는가? 소음을 피하거나 귀마개로 차단할 순 없는가?

- 지나치게 과격하거나 슬픈 음악을 듣고 있진 않은가?

둘째, '필터 바꾸기'를 해보자. 사건이나 상황을 해석하는 필터를 바꾸는 방식이다. 이 방법을 잘 활용하면, 자신에게 유리하고 긍정적인 사고방식을 만들 수 있다.

인생은 사실보다 해석이 중요하다. 사실은 객관적인 정보를 있는 그대로 전달할 뿐이다. 그 이상 부여되는 의미는 전적으로 관찰자에게 달려 있다는 걸 기억하자.

세상의 모든 일은 100% 좋은 일도, 100% 나쁜 일도 없다. 단지 어떤 면을 더 크게 보느냐에 따라 달라질 뿐이다. 같은 상황을 겪어도 사람에 따라 해석이 다른 이유가 여기에 있다.

그러니, 되도록 같은 상황에서 긍정적인 면을 찾는 자세가 중요하다. 부정적인 정보를 완전히 무시하란 말은 아니다. 부정적인 정보는 긍정적인 해석을 위해서도 필요하기 때문이다. 하지만 부정적인 해석은 지양하는 편이 좋다. 그

건 사실이 아니라 의견이니까.

어떻게 하면 올바른 필터를 가질 수 있을까? 간단하다. 자신에게 들려주는 질문, 전제, 스토리를 바꾸면 된다.

1. 질문 바꾸기

질문이 답을 결정한다. 나쁜 질문은 나쁜 답을 부르고, 부정적인 질문은 부정적인 답을 만든다. 그렇기에 스스로에게 어떤 질문을 하는지 의식하고, 부정적인 질문은 긍정적인 답을 유도할 수 있는 질문으로 바꿔야 한다.

질문 바꾸기 예시)

(1) 왜 이런 일이 일어났지? → 이 일이 내게 어떤 의미가 있을까? 이 경험을 통해 내가 배울 수 있는 교훈은 무엇일까?

(2) 이번에도 실패하지 않을까? → 이번에는 성공하지 않을까?

(3) 왜 이렇게 일이 안 풀리는 거지? → 이 상황을 헤쳐나가면서 난 어떻게 성장할 수 있을까? 이 경험이 나에게 어떤 새로운 기회를 열어줄 수 있을까?

(4) 난 왜 이렇게 운이 나쁜 걸까? → 난 왜 이렇게 운이 좋은 걸까?

(5) 왜 이렇게 화 나는 일이 많은 거지? → 왜 이렇게 기쁘고 감사할 일이 많은 걸까?

2. 전제 바꾸기

전제란 상황이나 사건을 최초에 파악하는 방식이다. 자신에게 하는 질문과 비슷한 면이 있지만, 확신을 가지고 말한다는 부분에서 차이가 있다. 답을 요구하는 게 아닌, 답을 정해놓고 자신에게 도움이 되는 방식으로 접근하는 방식이다.

전제 바꾸기 예시)

(1) 내게 일어난 일이 아니라, 나를 위해 일어난 일이다. 일어나는 모든 일은 내게 도움이 된다. 내게 도움이 되지 않는 일은 일어나지 않는다.

(2) 내가 해결할 수 없는 문제는 내게 일어나지 않는다. 내게 일어난 문제는 모두 내가 해결할 수 있다. 모든 문제는 발생과 동시에 해결법도 함께 생겨난다.

(3) 방법이 없는 게 아니라, 아직 못 찾은 거다. 시간과 노력을 투자하면
반드시 해법을 찾을 수 있다.

3. 스토리 바꾸기

우리의 생각과 기분은 사실 대부분 자기 자신에게 들려주는 이야기에 따라 결정된다. 부정적인 스토리는 나쁜 기분을 만들고, 냉소적인 스토리는 염세적인 기분을 만든다. 자신이 피해자라는 스토리는 억울하고 불쾌한 기분을 만든다.

사실 이런 스토리는 자동으로 만들어지는 생각의 습관에 가깝다.

그렇기에 의식하지 않으면 무의식 중에 들려주는 스토리를 자각하지 못한다. 하지만 의식하면 얼마든지 스토리를 긍정적으로 바꿀 수 있다.

예를 들어 운전하는 데 옆 차가 끼어든 상황을 상상해보자. 그때 처음엔 상대 운전자가 무례하거나 위험한 사람이라고 생각할 수 있다.

하지만 다른 스토리를 들려줄 수도 있다. 그 운전자의 가족이 위급한 상황이라거나, 화장실이 매우 급한 사람일 수 있다는 스토리를 떠올리는 거다. 이러면 그의 상황을 이해하고 기분을 관리할 수 있게 된다.

스토리 바꾸기 예시)

(1) "그럴 수 있지."

(2) "맞아. 충분히 그렇게 생각(행동)할 수 있어."

(3) "원래 그런 사람이 아니라, 잠시 그럴 만한 사정이 있는가 보다."

이렇게 말한 뒤에 상대를 이해할 수 있는 구체적인 스토리를 들려주면 기분이 바뀐다. 이러면 화낼 일은 사라지고, 자연스럽게 상대를 이해하는 여유를 갖게 된다.

화를 낼수록 가장 큰 손해를 보는 건 결국 자기 자신임을 기억하자. 욕을 하면 그 욕에 가장 많이 노출되는 사람도 자신이다.

부정적인 영향을 가장 크게 받는 사람도 자신이다. 화를 내면 몸에 나쁜 뇌호르몬이 분비되고 혈압도 올라가기에 좋을 게 없다. 그러니, 좋은 스토리를 들려주는 건 결국 자기 자신에게 가장 이득이다.

셋째, '기분 전환 리스트'를 사용해 보자. 방법은 간단하다. 평소에 기분이 좋아지게 만드는 방법들을 적어두었다가, 부정적인 기분이 스며들면 바로 실행하는 거다.

예를 들면, '매운 떡볶이를 먹는다. 달달한 밤 크림브륄레를 먹는다. 늦잠을 퍼질러 잔다. 코인 노래방에 가서 샤우팅을 한다. 절친과 수다를 떤다. 엄마와 전화 통화한다.'처럼 당장 기분이 좋아질 수 있는 행동을 실행하는 거다.

기분이 행동을 만들기도 하지만, 반대로 행동이 기분을 이끌기도 한다. 기분이 좋아서 웃기도 하지만, 웃으면 기분이 좋아진다. 시원한 바람이 불고 햇살이 쬐는 곳에 가면 마음이 편안해지고, 느긋이 산책하면 여유가 생긴다.

개인적으로 사용하는 기분 전환 리스트는 아래와 같다. 하지만 이 방법에 꼭 집착하지 않아도 괜찮다. 자기 자신에게 잘 맞는 방법은 저마다 따로 있기 때문이다.

성격이나 경험, 성향과 자란 환경에 따라 기분 전환 리스트는 얼마든지 바뀔 수 있다. 결국 스스로 기분 전환 리스트를 만드는 게 중요하다.

1. 뜨거운 물에 샤워하거나 목욕하기

2. 햇볕을 쬐며 산책하기

3. 높은 곳에서 자연 바람 쐬기

4. 속상한 일은 글로 쏟아내되, 긍정적인 생각으로 마무리하기

5. 조용한 곳에 앉아서 심호흡 하기

6. 거울을 보며 10초 미소 짓기

7. 하고 싶은 일 목록 살펴보기

8. 좋아하는 클래식, 뉴에이지, 최애 음악 듣기

9. 과거에 잘했거나 성공했던 경험 떠올리기

10. 미래에 목표와 꿈을 이룬 모습 상상하기
    이 밖에도 여러 가지 방법이 있지만 이 정도만 소개하려

고 한다. 앞서 말했듯 중요한 건, 자신에게 잘 맞는 기분 전환 방법을 반드시 평소에 목록으로 만드는 게 중요하다.

기분이 나빠졌을 땐 이런 방법이 쉬이 떠오르지 않는다. 기껏 떠올라도 눈앞의 쾌락만을 추구하는 방식을 선택하기 쉽다. 도파민을 빠르게 얻고자 사치, 향락, 중독적인 수단에만 집착할 위험이 있다.

과거에 나는 기분에 끌려다닐 때가 많았다. 기분이 좋으면 좋게 행동하고 나쁘면 나쁘게 행동하는 식으로. 그 당시엔 기분을 바꿀 수 있다는 생각조차 하지 못했다.

뇌과학과 심리학을 공부한 뒤에 깨달았다. 기분은 얼마든지 관리할 수 있으며, 그건 자신의 선택에 따라 가능하다는걸. 이걸 깨닫는 게 기분 관리의 출발점이다.

당신은 이 사실과 방법을 알았으니, 기분을 자유롭게 관리하는 진정한 어른이 된 거나 마찬가지다. 당신이 기분의 노예가 아닌, 기분의 주인이 되길 진심으로 응원한다.

감정의 목소리와
이성의 논리가 부딪힐 때

　인생 첫 퇴사를 고민했을 당시, 머리로는 '좀 더 준비가 필요하다'라고 생각했지만 마음속으론 '당장이라도 그만 두고 싶다'라는 강한 욕구가 있었다. 매일 회사에 출근하면 하루에도 십수 번씩 깊은 한숨을 내쉬었다. 마치 거대한 기계의 부품이 된 것 같은 기분이 들었다.

　반면 마지막 회사를 그만두고 사업에 뛰어들 때는 정반대의 고민이 머릿속을 맴돌았다. 이성적으로는 '지금이 적기'라는 확신이 들었지만, 감정적으로는 '안정적인 직장을 포기하는 게 현명한 선택일까?'라는 걱정이 있었다.

　이렇게 이성과 감성이 충돌하는 상황은 사실 특별한 일

도, 잘못된 것도 아니다. 오히려 이런 갈등은 자연스러운 현상이다. 그리고 이런 내적 충돌을 잘 대처한다면 더 나은 해답을 찾는 법을 배울 수 있다.

이성과 감성 사이에서 느끼는 불편함은 어쩌면 성장의 기회를 알리는 신호일 수 있다. 그러니 이렇게 이성과 감정이 충돌할 땐, 그 신호를 무시하지 말고 살펴봐야 한다.

비록 당장은 불편할 수 있어도, 이 과정을 통해 한층 더 성장할 기회를 잡을 수 있기 때문이다. 머리와 가슴, 이성과 감정이 충돌하는 상황일 땐 어떻게 하면 좋을까?

첫째, '리허설 기법'을 활용해 보자. 이건 지금 내리는 선택이 최종 결정이 아니라고 되새기는 방법이다. 결정은 언제든 수정할 수 있다고 생각하는 거다. 이러면 마음의 여유를 가질 수 있고, 완벽해야 하는 강박에서도 벗어날 수 있다.

사실 우리 인생의 대부분은 수정이 가능하다는 점을 잊지 말아야 한다. 대학 진학이나 사업의 방향도 얼마든지 바꿀 수 있다. 바꿀 수 없다고 잘못 믿고 있을 뿐이다.

처음에는 리허설이라고 생각하고 일단 도전해 보자. 인생은 일단 시작해야만 정답을 알 수 있는 경우도 많기 때문이다.

이 방법은 경험을 쌓는다는 마음으로 임하기에, 설령 결과가 만족스럽지 않더라도 좌절하지 않을 수 있다. 그 과정에서 배운 교훈을 발판 삼아 다음 단계로 나아갈 수 있다. 이러면 머리와 가슴 사이에서 길게 고민하는 일도 줄어들게 된다.

둘째, '4X5 의사결정 매트릭스'를 채워보자. 나는 인생에서, 이성과 감정이 부딪히는 중요한 결정을 내릴 때 이 방법을 쓰곤 한다. 이 과정을 통해 내린 결정은 한 번도 후회한 적이 없다. 이건 총 9단계로 나눠진다.

1단계- 가급적 정신이 맑고 마음이 평온할 때 준비한다.

2단계- 종이의 가로와 세로로 4등분 줄을 긋는다.

3단계- 왼쪽 2열에, 위 아래로 'A를 한다'와 'B를 한다'를 적는다.

4단계- 위쪽 2줄에, 좌우로 '장점(+)'과 '단점(-)'을 적는다.

5단계- 왼쪽 위에 'A를 한다'의 장점 1개, 오른쪽 위에 'A를 한다'의 단점 1개를 적어가며 각각 5개를 채운다.

6단계- 왼쪽 아래에 'B를 한다'의 장점 1개, 오른쪽 아래에 'B를 한다'의 단점 1개를 적어가며 각각 5개씩 채운다.

7단계- 총 20개의 답변을 보면서 어느 쪽에 머리와 마음이 이끌리는지 전체적으로 살펴본다.

8단계- 바로 결정을 내리지는 말고, 자기 전에 다시 고민하면서 잠든다.

9단계- 다음 날 아침에 눈을 뜨면 결론이 내려져 있을 거다. 이 방법이면 머리와 가슴을 동시에 만족하는 결론에 다다를 수 있게 된다. 필요하다면 아래의 양식을 활용해보자.

4 X 5 의사결정 매트릭스			
	(+) 장점		(-) 단점
(A)를 한다	①	①	
	②	②	
	③	③	
	④	④	
	⑤	⑤	
	(+) 장점		(-) 단점
(B)를 한다	①	①	
	②	②	
	③	③	
	④	④	
	⑤	⑤	

(4X5 의사결정 매트릭스 양식)

셋째, '제3의 선택지'를 떠올리는 습관을 들이는 것도 좋은 방법이다. 머리와 가슴이 갈등할 때는 양자택일의 프레임에서 벗어나 보는 게 중요하다. 전혀 생각지도 못했던 해법을 발견할 수도 있기 때문이다.

알렉스 바냐얀도 책 《나는 7년 동안 세계 최고를 만났다》에서 "클럽에 들어가기 위해선 정문과 VIP 전용문 외에도 주방으로 통하는 뒷문이 있다"라고 말했다.

예를 들어 학업을 이어가고 싶어서 회사를 떠나야 할지 고민할 때, 그 사이의 절충안을 찾아보는 거다. 회사를 남되 야간 학교를 다닌다거나, 휴직계를 낸다거나, 회사에 진학 지원제도가 있는지 알아보는 거다.

이렇게 양극단 사이의 대안을 탐색하다 보면, 이성과 감성을 동시에 만족시키는 지점을 발견할 수도 있다. 사실 이성과 감성의 갈등은 누구에게나 찾아온다. 하지만 이런 내적 충돌이 반드시 안 좋은 결과로 이어지는 건 아니다. 오히려 갈등을 잘 해결함으로써 성장의 디딤돌로 만들 수 있다.

앞서 말한 세 가지 방법을 활용하면, 머리와 가슴 사이에서 적절한 균형점을 잡을 수 있을 거다. 이런 노력을 통해 당신을 한층 더 지혜로운 선택으로 나아가길 바란다.

살면서 우리는 두려움과 용기, 긍정과 부정이 뒤섞인 감정의 혼란을 경험한다. 이성과 감정의 충돌은 자연스러운 일이며, 중요한 것은 이러한 내면의 갈등을 어떻게 관리하느냐이다.

부정적인 감정이 들어올 때 회피하지 말고 받아들여보자. 단기적인 시련을 인정하되 장기적인 희망을 유지하는 균형 잡힌 사고가 필요하다.

머리와 가슴 사이에서 혼란을 느낄 때, 체계적으로 장단점을 분석하고 열린 마음으로 대안을 고민해야 한다. 이런 내면의 혼란을 받아들이고 현명하게 대처하는 법을 배움으로써, 우리는 한층 더 성장할 수 있다.

(내용 요약 링크)

제5장

박은주

본명: 박은주   필명: 나예요(nayeyo)

前直長 Lg전자(주)
前直長 삼성SDI(주)
사회복지사2급
건강가정사
전자기기기능사
이호철 '살아 있는 글쓰기' 특강 수료
고정욱 작가 외 '드림이즈나우히어' 저자

상업영화 윤색 중. 10대 때 꿈이 작가였다. 마흔 대의 나이에 작가의 꿈을 이루기 위해 고군분투 중이다. 학창 시절 가장 많이 쓴 게 편지였고, 전국구로 펜팔을 하며 편지로 고민 상담을 많이 해줬다. 힘든 이가 있다면, 편지로 고민 상담을 주고받고 싶다.
인스타그램 @nayeyo6609

서툰 어른의
감정 표현법

　행복한 순간들은 삶에서 가장 아름다운 순간들이다. 사랑하는 사람과 함께 있거나, 원하는 목표를 이루었을 때, 우리는 가슴이 뛰고, 미소가 번지며, 세상이 더 밝게 보인다. 하지만 이러한 순간에도 때로는 마음 한구석에 채워지지 않는 공허감이 자리 잡는다.

　특히나, 나는 8살의 아들을 키우면서 이런 감정의 모순에 더욱 깊이 고민하게 된다. 아들은 미숙아로 태어나 자주 건강에 신경을 써야 했다.

　건강에 대한 지속적인 걱정은 나를 때때로 감정의 롤러코스터에 태워놓는다. 좋은 음식을 함께 먹으며 웃고 있는 순간조차, 아들이 제대로 먹지 않을까 봐 걱정되고, 장난을 치며 뛰어다닐 때면 "이럴 거면 먹지 마. 그냥 굶어", "나땐 없어서 못 먹었어"라고 소리치고 싶은 충동을 느낀다.

이러한 상황에서는 감정이 뒤섞이며, 행복과 동시에 긴장감을 느낀다. "엄마, 사랑해. 뽀뽀"하는 순수한 아들의 모습을 보며 웃음이 나올 때도 있지만, 그 웃음 뒤에는 "이 행복이 언제까지 지속될까?"하는 불안함이 자리한다.

밤하늘을 바라보며, 그날의 즐거웠던 순간들을 회상하지만, 마음 한편으로는 왜 이런 불안함과 공허감이 드는지 스스로에게 묻곤 한다.

그러한 순간, 예전에 한 할머니의 말씀이 생각이 났다.

"올해로 내 나이 83살인데, 이맘때가 제일 예쁘더라. 많이 사랑해 줘. 내 딸들은 벌써 60대가 되어버렸고, 시간이 유수처럼 정말 금방 흘러가더라."

할머니의 말씀은 내게 깊은 울림을 주었고, 아이를 바라보는 시각을 조금은 변화시켰다. 아이는 소유물도 아니고, 로봇도 아니다. 그는 한 인격체로서, 독립적으로 성장해야 한다.

심리학자들은 이러한 현상을 '목표 달성 후 빈곤 증후군'이라고 설명하기도 한다. 우리가 오랜 시간 동안 추구하던 목표를 이루었을 때, 더 이상 추구할 것이 없어 공허함을 느낀다는 것이다.

이는 행복한 순간조차도 우리의 삶을 완전히 채울 수 없다는 것을 깨닫게 해주며, 다시 일상으로 돌아갈 준비를 하게 한다. 이런 심리적 과정은 우리가 더 깊은 의미와 진정한 행복을 찾아 나서게 만든다.

이제는 이 서툰 부분들이 나를 더 인간적으로 만들고, 진심을 다해 감정을 표현하려 노력하게 한다는 것을 알게 되었다. 감정을 표현하는 것은 나눔이며, 우리의 진심이 다른 이와 만나 깊은 공감과 이해를 낳는 순간이다.

이 공허감을 통해, 나는 내 삶에서 진정한 만족과 행복이 무엇인지, 어떻게 다른 사람들과 더 깊이 연결될 수 있는지를 배우는 중이다.

행복 속의 공허감을 통해 더 큰 의미를 찾고, 더 진정한 나를 발견할 것이다. 이 과정 속에서 나는 끊임없이 배우고, 성장하며, 감정을 더 잘 표현하는 방법을 찾아갈 것이다.

그것이 내가 삶을 살아가는 또 다른 이유가 되어, 매일을 더욱 의미 있고 풍성하게 만든다. 그리고 이 모든 과정이 나를 진정한 행복으로 한 걸음 더 나아가게 할 거라 믿는다.

우울증, 머물지마라.
그 아픈 기억에

　우울증은 많은 사람이 겪을 수 있는 질환 중 하나다. 나도 그랬다. 어릴 적 환경상 소아 우울증도 있었다. 그런 아이가 어른이 되어보니, 우울증은 평생 숙명일지도 모른다는 생각이 들었다. 우울증은 감기라고도 표현하지만, 사람마다 그 깊이의 차이는 있다.

　사십 대가 되어보니, 이제 누군가를 떠나보내야 할 일들이 더 많아지는 걸 느낀다. 몇 해전에는 신랑의 큰 아버지가 돌아가셨다. 두 어달 뒤에는 신랑의 외할아버지가, 그이듬해에는 신랑의 외할머니가 돌아가셨다.

　몇 해 사이에 신랑에게 들이닥친 큰 사건들이다.

우리 빈소 옆의 옆자리엔 아주 젊어 보이는 20 초반대쯤 보이는 청년의 영정사진과 빈소도 보였다. 손님들이 너무 없어서, 휑해 보였다. 바로 옆이다 보니, 자꾸만 눈길이 갔다. 지나가다 사람들은 말했다.

"젊은 사람이 참 안 됐네", "어찌 저리 빨리 갔대!", "부모가 너무 마음 아프겠다." 들리는 말로는 우울증 때문에 스스로 목숨을 끊었다고 한다.

그래서인지 "젊은 나이에 참 안타깝다"라는 말을 지나가는 사람들은 덧붙였다. 작년 3월, 이번엔 나의 큰집 큰어머니가 돌아가셨다. 그곳도 검은색 옷의 물결과 눈물을 보이는 사람들로 넘쳤다.

큰집 큰어머니의 발인식 날, 관에 흙을 덮는 모습을 보며, 이렇게 아등바등 살다가는 우리네 인생이 참 서글프다는 생각이 들었다.

자꾸 돌아가시는 분들과 아파하는 모습을 보니 난 한동안 극심한 우울증에 빠져 무기력이 왔다. 아무것도 손에 잡히지 않았고 의욕도 없었다. 갖고 싶은 것도, 하고 싶은 것도, 먹고 싶은 것도 없었으며 몸에서 힘이 쑥 빠져나갔다.

불면증도 와서 자고 싶어도 못 자는 고통, 미칠 것만 같았다. 눈엔 가만히 있어도 눈물이 주룩주룩 흘렀다. 삶이 피폐해지는 느낌이었다.

아이를 키우는 엄마다 보니, 이대론 안 될 거 같아 병원을 찾았다.

이처럼 슬픔은 종종 상실에서 비롯된다. 우리는 사랑하는 것을 잃었거나, 바라던 것을 얻지 못했을 때 슬픔의 감정을 경험한다. 이런 상실은 반드시 물리적인 것만은 아니다.

희망, 기회, 혹은 미래에 대한 꿈과 같은 무형의 것들의 상실도 깊은 슬픔을 초래할 수 있다.

상실을 인식하는 순간, 우리는 종종 눈물을 흘리며 그 감정을 표현한다. 때로는 격렬하게 흐느끼며 우는 경우도 있다. 이러한 울음은 오랫동안 억눌렸던 감정들을 해방시켜 줄 수 있으며, 이후에는 마음이 후련해지는 경험을 하게 된다.

그러나 가끔은 슬픔이 목구멍에 걸린 듯, 울고 싶어도 눈물이 나오지 않아 답답함을 느낄 때도 있다. 마치 보이지 않는 힘이 울음을 억제하는 것처럼 느껴질 수도 있다. 이런 슬픔은 파도처럼 끊임없이 밀려와 괴로움을 주기도 한다.

사람들은 슬픔을 표현하고 경험하는 방식이 각기 다를 수 있다. 어떤 이들은 친밀하고 안전하게 느껴지는 사람들과 함께 있을 때 자신의 감정을 더 잘 표현하고 해소할 수 있다고 느낀다.

이런 환경에서는 슬픔을 더 자유롭게 놓아버릴 수 있다. 반면, 다른 이들은 혼자만의 시간과 공간에서 슬픔을 대면하는 것을 선호한다. 이러한 개인적인 시간을 통해 깊은 내면의 감정을 들여다보고, 스스로를 위로하며 슬픔을 처리할 수 있다.

당신은 어느 쪽에 더 가까운가? 친한 친구나 가족과 같은 사랑하는 이들과의 교감을 통해 감정의 안정을 찾는가, 아니면 혼자만의 시간을 통해 내적인 평화를 추구하는가?

어떤 방식이든, 슬픔을 표현하고 경험하는 것은 우리 각자에게 필요한 과정이다. 슬픔을 건강하게 처리하고 이해하는 것은 우리가 삶의 다양한 시련과 도전을 헤쳐 나가는 데 도움이 될 수 있다.

이러한 과정을 통해 우리는 상실을 통한 슬픔이 결국 삶의 일부라는 것을 이해하고 받아들이게 된다. 슬픔을 통해 배우고 성장하며, 결국 우리는 다시 일어설 수 있는 힘을 얻는다.

상실과 슬픔의 경험은 우리를 더 강인하게 만들며, 미래의 어려움을 견뎌낼 수 있는 능력을 키워준다. 슬픔을 자연스러운 감정으로 받아들이고, 그것을 통해 우리는 인간다움을 더 깊게 이해하며 살아가게 된다.

아이든, 청년이든, 어른이든, 그게 누구든 상실감에서 오는 우울증은 언제든 불쑥 우리를 찾아온다. 하지만, 단순한 힘듦이 아닌 죽음까지 생각할 만큼 힘들다면, 혼자만 끙끙 앓지 말자. 힘든 기분을 심리 센터 상담사 아님, 병원을 찾아가 꼭 도움을 청하자

무엇이 그리 힘든지, 그 원인을 찾아야 한다. 불안은 사실로 해소해야 한다. 조금이라도 의욕이 생길 때 일상의 변화를 조금씩 다르게 해보라고 말하고 싶다.

스트레스를 잘 풀어야 하고, 성취감을 느껴 봐야 한다. 마음속의 그 불안을 없애고, 어떻게든 제대로 극복해 살아야 한다.

보편적인 우울증 극복 방법에는 긍정적인 생각을 가지기, 규칙적이고 균형 잡힌 식습관을 가지기, 충분하고 질 좋은 수면습관 가지기, 가볍더라도 규칙적인 운동습관 가지기, 알코올을 피하기, 명상, 요가, 이완 요법을 하기 등이 있다.

독일의 '불안 전문가' 베른하르트는 우울증과 번 아웃에 걸린 사람들의 뇌를 연구했다. 우울증과 번 아웃을 악화시키는 건 바로 우리 뇌의 '신경가소성'이었다.

우리 뇌는 어떤 한 생각에 집중할수록 그것을 연결하는 시냅스가 계속 늘어나고 강력해지는 특징이 있다. 즉, 특정한 생각에 집중할수록 뇌의 구조가 실제로 바뀌는 것이다. 그럼 우울증과 번 아웃을 극복하고 긍정적인 뇌가 되기 위해서는 어떻게 해야 할까?

베른하르트는 자신이 좋아하는 것들만 모아놓은 '구급 상자'를 만들라고 조언한다. 단 시각, 촉각, 미각 등 오감을 자극할 수 있는 것들로만 긍정적인 자극에 집중해 우리 뇌의 새로운 시냅스 연결을 만들어 내는 것이다.

나는 시를 쓰고 읽으면서 위안을 많이 받았다.

이건 내가 쓴 시다.

인생/박은주

살아간다는 건
외로움을 견디는 일
살아간다는 건
아픔을 견디는 일
참 고단하다.
엄청나게 크고 뾰족한 바위에
가슴을 찔리며
걸어가야 하는 길이기에

"나이가 들어 참 좋은 게 뭔지 아니? 그건 이제야 정말 소중한 게 무엇인지, 어떻게 살아야 하는지를 알게 된다는 거다"

한 번뿐인 인생, 그래, 그 누구 보다 살아야 한다. 지금의 마음이 너무 괴로워도 죽을 것 같아도 그 고통에서 벗어나야 한다.

살다 보면, 잘 살았다 싶은 날이 반드시 올 것이다. 당신은 소중하다. 당신은 가치 있는 사람이다.

편지의
힘

　평화는 누구나 추구하는 감정이다. 바쁜 일상 속에서 잠시라도 마음의 안정을 찾고, 조용한 시간을 보낼 수 있다면 그것만큼 좋은 일은 없다. 그런데 마음의 평화를 얻었음에도 불구하고, 여전히 내면 깊숙한 곳에서 갈등이 일어나는 순간이 있다.

　마치 잔잔한 호수에 작은 파도가 일어나는 것처럼, 평화와 갈등이 동시에 존재하는 이 모순적인 감정을 어떻게 받아들여야 할까?

　오랜만에 조용한 공원을 찾았을 때의 일이었다. 따뜻한

햇살 아래 벤치에 앉아 책을 읽으며 휴식을 즐겼다. 새들의 지저귐, 나무 사이로 부는 부드러운 바람, 이 모든 것이 나에게 평화를 주었다. 그런데 문득, 내 마음속에선 또 다른 목소리가 들려왔다.

'이렇게 평화롭게 시간을 보내고 있어도 괜찮은 걸까? 일도 해야 하고, 해야 할 일이 산더미인데 이렇게 쉬어도 되는 건가?' 평화롭다고 느꼈던 순간에도, 나는 자신에게 수많은 질문을 던지고 있었다.

이런 갈등은 우리가 끊임없이 무언가를 해야 한다는 압박감에서 비롯된다. 세상은 우리에게 늘 더 많은 것을 요구하고, 우리 스스로도 더 높은 목표를 세우며 나아가고자 한다.

그러다 보니, 잠시 쉬는 것조차 마음 편히 즐길 수 없는 상황이 생긴다. 평화로운 순간에도 갈등이 찾아오는 것은, 어쩌면 현대 사회에서 누구나 겪는 자연스러운 현상일지도 모른다.

이런 평화 속의 갈등을 어떻게 받아들여야 할지 고민했다. 왜 우리는 쉬는 순간에도 이렇게 많은 걱정을 해야 할까? 왜 내면의 평화를 얻었는데도 여전히 갈등을 느끼는 걸까?

그 답은 우리가 끊임없이 자신을 돌아보고, 더 나은 사람이 되고자 하기 때문일지도 모른다. 우리 안에 있는 갈등은 성장을 위한 노력의 한 형태라고 볼 수도 있다.

나는 평화 속의 갈등을 단순히 부정적인 감정으로 보지 않기로 했다. 오히려 이 갈등이 나에게 필요한 자극일 수도 있다고 생각했다.

마음속에서 일어나는 작은 파도가 나를 다시 일으켜 세우고, 더 나은 방향으로 이끌어 줄 수 있다고 믿기로 했다. 평화와 갈등이 동시에 존재할 수 있다는 사실을 받아들이는 것, 그리고 그 속에서 균형을 찾는 것이 중요했다.

나는 편지쓰기로 기분을 관리 했다. 1992년 12월 25일, 내 나이 겨우 11살이었을 때다. 남들이 행복하고 기뻐하는 크리스마스 날, 뜻하지 않게 아버지가 돌아가시고 너무나 마음이 아팠기에 편지를 쓰기 시작했다.

난 학창시절 제일 많이 편지를 쓰고, 전국구로 펜팔(pen-pal)을 했었다. 지금 생각해보면 내 안의 내적 갈등이 많았기에 고민상담도 했고 나도 큰 위로를 받았다.

요즘엔 디지털기기가 발달해서 예전만큼의 편지쓰기가 많지는 않다. 하지만 사고와 낭만이 있는 한, 고민과 사람이 현존하는 한 사라질 수도 없는 게 편지쓰기다.

　편지는 어떻게 쓸까?

1. 누구에게 쓸지 정한다

　편지를 쓰기로 했으면 받을 상대가 있어야 한다. 그 상대가 나에게 어떤 사람인가를 마음속으로 생각해 보며 그 사람을 뚜렷이 머릿속에 떠올려 본다.

2. 목적 명확히 하기

　편지의 목적을 분명히 한다. 이는 글의 방향을 정하는데 중요한 역할을 한다.

3. 내용 구성하기

 어떤 내용을 어떤 순서로 쓸지 구상한다. 이렇게 함으로써 글의 구조가 명확해지고, 내용이 혼란스럽게 섞이지 않는다.

4. 편지 쓰기

 내용을 정리한 차례대로 진솔하게 또박또박 편지를 쓴다.

5. 글 다듬기

 처음에는 연습용 종이에 글을 써보고, 불필요한 부분을 제거하고, 필요한 부분을 추가하며, 오류를 수정한다. 이 과정을 통해 글을 매끄럽게 다듬어 내용을 충실하게 만든다.

6. 깔끔하게 옮겨 적기

 다듬어진 편지를 깨끗하고 예쁜 편지지에 옮겨 적는다.

연습 종이에 이미 잘 작성했다면 이 단계는 생략할 수도 있다. 그러나 예쁜 편지지에 옮겨 적는 것은 보내는 사람과 받는 사람 모두에게 기쁨을 준다.

7. 봉투에 주소 쓰기

 편지를 봉투에 넣고, 보내는 사람과 받는 사람의 주소를 정확하게 쓴다. 우편번호와 우표도 올바르게 부착한다. 직접 전달할 경우 이 단계는 생략할 수 있다.

 너무 얽매이지는 말고 자유롭게 쓸 수 있는것도 편지이기에 사람들 모두 편지로 내적 갈등과 직접 말하기 힘든 고민과 따뜻한 마음을 주고 받으며 행복한 세상이 됐으면 한다. 소중한 사람을 위해, 혹은 나를 위해서라도 편지 한편은 써보기 바란다.

제6장

아이릿

아이릿

소중함을 일상처럼 또박또박 새기는 사람.

유튜브 · 인스타그램

@irrit_s2

감정의 파도를
극복하는 명상법

　누군가는 퇴근하는 느지막한 오후에 나는 출근길을 나선다. 나는 프리랜서로 필라테스를 가르치고 있다. 적어도 수업 한 시간 전에 넉넉하게 출근해야 나의 마음도 낙낙해진다. 해 질 무렵의 고요한 샵에 불을 하나씩 밝히며 다가올 수업을 준비한다.

　이곳은 단순히 운동만 하는 공간이 아니다. 마음의 중심을 세우고, 신체의 균형을 잡고, 더 나아가 인생의 의미까지도 고찰해 보는 곳이다. 필라테스 샵은 일상에서 올바른 몸의 쓰임을 찾는 것과 더불어 단단한 뚝심을 세우는 곳이다.

필라테스에서 기본이면서도 가장 중요하게 꼽히는 것이 바로 '코어'다. 우리 샵에서는 그것을 '어디에도 기대지 않고 홀로 버티는 힘'이라 부른다. 코어 강화는 멋진 복근을 위한 것만이 아니다.

팔다리의 움직임, 방해공작에도 내 몸을 가누고 원하는대로 움직일 수 있도록 중심을 유지하는 것이다. 삶이 나를 흔들더라도 코어 만큼은 흔들리지 않도록 지키는 연습인 것이다.

그리고 호흡. 우리는 종종 숨쉬고 있다는 사실을 잊곤 한다. 필라테스에서의 호흡은 감정의 바다에 비유하자면 등대와 같다.

잔잔한 바다는 없다. 우리의 감정도 늘 분노의 파도가 치고, 스트레스의 바람이 인다. 하지만 대부분의 상황에서 깊은 호흡 하나로 '이 또한 지나가리라'는 평화를 찾을 수 있다.

운동의 원리는 삶의 진리와 많이 닮아 있다. 우리 모두는 감정의 파도를 타는 서퍼와 같다. 때로는 우리의 코어가 중심이 되어 거친 바다 안에서 서핑 보드를 안전하게 이끈다.

물론 사람이니까, 가끔은 휘청거릴 때도 있고 넘어지기도 한다. 중요한 것은 다시 일어나 보드 위에 서는 용기다.

마음의 코어가 단단해 감정에 휘둘리지 않는 삶은 폭풍 속에서도 우리를 지탱한다. 깊은 호흡으로부터 비롯된 안정감은 우리를 삶의 주인공으로 살 수 있도록 만든다.

감정의 파도가 넘실거릴 때 유유히 서핑하는 서퍼가 될 수 있도록 도와준다. 우리 모두의 삶은 서핑 보드 위에서 화려한 기술을 뽐내기도 하고, 때로는 유쾌하게 넘어지기도 한다. 그저 끊임없는 연습일 뿐 잘하고 못하고는 중요하지 않다.

감정의 조류 속에서도 나 자신을 지키고 삶의 주인공으로 서있을 수 있다면? 자유롭게 서핑 보드를 타고 감정의 파도를 탐험하는 인생이라면 얼마나 즐거울까.

무엇보다도 우리는 그 과정을 통해서 삶을 좀 더 즐겁고 의미 있게 만들 수 있다. 나는 최근 몇 년을 아침 저녁으로 10분 이상 명상하고 있다. 집중력에 의미를 두거나 전문가처럼 잘하려고 하지 않았다.

습관이 되니 머리와 눈까지 번쩍 뜨이는 느낌이 좋아서

먼저 자기 인식의 거울을 들여다보자. '오늘 나는 얼마나 자주 번아웃 증상을 느꼈을까? 단톡방을 확인하기 싫어지는가?' 나에게 질문하는 것부터 시작이다.

우리 내면에는 마음 챙김과 명상을 통해 감정의 파도를 읽고 이해할 수 있는 능력이 있다. 명상의 세계는 마음의 바다를 항해하는 것과 같다.

나는 깊은 호흡을 하고 점 하나에 집중하는 것만 명상인 줄 알았지만, 명상에도 방법과 종류가 있다는 것을 알게되었다. 여기 다양한 명상 기법과 몇 가지 팁이 있다. 갑판을 닦고 나침반을 준비해 보자.

신체 스캔 명상(Body Scan Meditation)은 몸의 각 부분에 차례로 집중하면서 긴장을 풀고 지금에 집중하는 기법이다. 발끝에서 시작하여 머리끝까지 흐르듯이 집중을 이동시키며 각 부위의 느낌을 인식한다.

이 과정을 통해 몸의 긴장을 느끼고, 이완시키며 마음을 진정시킬 수 있다. 이 방법으로 나는 내 몸을 들여다보고 통증이 있는 부위를 알아채고는 한다.

조화 명상(Mantra Meditation)은 반복되는 소리나 문장

(맨트라)을 사용하여 마음의 소음을 잠재우고, 내면의 조용한 공간으로 들어가는 방법이다. 맨트라는 정신의 나침반과 같이, 사용자를 안정과 평화의 항구로 안내한다.

긍정적 명상(Affirmation Meditation)은 앞에 조화 명상과 비슷한 것으로 긍정적인 문장이나 선언을 반복함으로써 자신감을 증진시키고, 긍정적인 사고방식을 개발하는 데 중점을 두는 방법이다.

아침에 일어나 희망찬 음악과 되뇌이면 삶에 감사하게 되고 뭉클한 감정마저 스민다.

운동 명상(Movement Meditation)은 요가나 태극권과 같은 부드러운 움직임을 통해 명상을 실천하는 방법이다. 이 기법은 몸과 마음이 하나되는 춤과 같아, 각 움직임을 통해 현재에 더 깊숙이 빠져들게 한다.

움직임만으로도 몸속에 쌓인 독이 해소되는 현대 생활에서 큰 장점을 발휘할 수 있다. 정적이거나 운동을 좋아하지 않는 사람들도 도전해볼만 하다.

시각화 명상 (Visualization Meditation)은 내가 가장 좋아하는 방법이다. 마음 속에 평화로운 장면이나 이미지를 그려보며, 그곳으로 정신을 이끌어 안정감을 찾는 기법이다.

마치 꿈의 섬을 향해 항해하는 것과 같은 이 명상은, 마음의 바다에서 평온한 정박지를 찾게 도와준다. 나는 과거의 상처들이 블랙홀로 빨려들어가는 상상을 하는 프로그램을 경험하며 눈물을 흘린 적도 있다.

자연 명상(Nature Meditation)은 자연의 소리와 시각적인 아름다움을 명상의 요소로 활용한다. 숲속을 걸으면서 발바닥의 감각에 집중하며 땅이 되어보기도 하고, 나뭇잎의 흔들림, 새소리를 느껴보기도 한다.

물 흐르는 소리를 들으며 함께 흐르는 강이 되어보기도 하고, 그 순간만큼은 자연과 내가 하나가 되어 몰입한다.

마지막으로, 나를 사랑하는 이들을 잊지 말자. 인간은 누구나 각자의 바다를 항해하는 독립적인 존재이지만 함께라면 더 강하다.

나를 아껴주는 친구, 가족, 동료들과 함께 하라. 서로 실패담을 공유하고, 응원하며 함께 파도를 헤쳐나가자. 핵심 코어 근육이 바로 서면 우리는 단지 살아가는 것을 넘어, 삶을 충실히 살아내며, 감정의 파도 위를 우아하게 서핑하는 법을 배우게 될 것이다.

감정의 파도 위에서 서핑보드를 타고, 때로는 넘어지면서도 항상 웃을 준비를 하자. 우리 모두가 이 감정의 바다를 헤쳐 나갈 수 있는 영웅이 될 수 있음을 잊지 말자.

예전은 몰랐지만
지금은 알게 된 이야기

    서른 코앞이던 그때, 나는 5년간의 여정에 마침표를 찍고 퇴사를 결정했다. 그 후 세 해를 백수로 보냈다. 유튜브 시장이 활발한 시기에 도전하고 싶었지만, 세상은 호락호락하지 않았다. 시간이 지날수록 불안과 외로움이 내 마음을 서서히 잠식해 갔다.

    나는 N극과 S극의 자석 가운데 끼어 있는 쇳가루처럼 꼼짝도 할 수 없었다. 한쪽에서는 안정적인 삶을 살며 부모님께 인정받고 싶다는 마음이, 다른 한쪽에서는 나의 꿈을 좇고 싶은 욕구가 끊임없이 나를 당겼다.

    우리는 역사상 가장 풍요로운 시대를 살고 있지만 동시

에 가장 불안하고 불확실한 시대도 경험하고 있다. 취업난, 저성장, 양극화, 기후 위기 등 우리 앞에 놓인 과제들은 결코 만만치 않다.

높은 실업률은 경제적 문제를 넘어 정체성과 자아실현의 문제로까지 이어진다. 실업은 사람을 빈곤으로 이끌 뿐만 아니라, 영혼까지 황폐화시킨다. 엄마는 내가 천장을 보고 누워있으면 무슨 생각을 하고 있을까 싶다고, 나쁜 생각을 할까 봐 걱정이 든다고 하셨다.

인생의 절반이 넘는 시간을 갈등 속에서 방황하는 것은 대부분의 사람들이 겪는 현실이다. 특히 우리 세대는 '안정적인 삶'과 '꿈을 좇는 삶' 사이에서 끊임없이 줄타기를 해왔다.

안정을 원하면서도 가슴 깊숙한 곳에서 나를 부르는 소리에 귀를 기울이고 싶어진다. 이 두 마음 사이에서 어떻게 균형을 찾을 수 있을까? 나도 그때는 몰랐지만 지금은 알게 된 몇 가지 사실이 있다. 그 사실이 누군가에게 조그마한 안정이나 위안이라도 줄 수 있다면 좋겠다.

정신분석학자 칼 융은 말했다. "누구나 그림자를 가지고 있다. 그림자를 인정하고 받아들이는 것이 빛으로 나아가는 길이다." 실수는 고의가 아니니 같은 실수를 반복하지 않도록 조심하면 그만이다. 이불킥을 부르는 흑역사도 다 지난 일이다.

내면의 어두운 그림자도 나만 그런 게 아니니 부끄러워할 필요 없다. 내 그림자를 있는 그대로 바라보고 보듬어주자.

경험과 시야가 좁은 시절에는 사소한 일도 크게 느껴진다. 10대 때는 대학교만 가면 고민 걱정은 끝인 줄 알았다. 취업을 하지 못하고 20대를 넘기면서 이번 생은 망했다는 기분이 들었다. 30대가 지나면 청춘은 이제 끝인 줄 알았다.

그런데 인생은 생각보다 길다. 내가 백수로 보낸 세 해는 10살 아이에게는 긴 시간이지만, 80세의 나에게는 기억조차 나지 않을 짧은 시간이 될 것이다.

우리 외할머니는 여든을 넘기셨지만 엄마를 가리켜 "너희 엄마는 젊잖니"라고 하셨다. 예순을 넘긴 우리 엄마는 쉰을 훌쩍 넘긴 외삼촌을 가리켜 "삼촌은 아직 한창이잖니"라고 하셨다. 원한다면 우리는 영원히 늙지 않는다.

세월이 지나면 "이러려고 그랬구나"하는 날이 온다. 나는 3년간 수입이 없는 상태로 지냈지만, 그 시간 동안 영상 편집을 배울 수 있었다.

또래보다 일찍 사회생활을 시작해 다양한 아르바이트와 직업 경험을 쌓았다. 쇼핑몰에서는 웹디자인과 코딩을 배웠고, 블로그 광고 회사에서는 네이버 상위 노출 방법을 배웠다.

영업을 하던 회사에서는 장사와 사업을 배웠다. 작가가 되기로 마음먹은 지금, 그때 배운 기술들을 활용해 소셜 미디어를 운영하고 있다. 나만의 작은 출판사를 세우고 싶은 소망도 생겼다.

쓸모없는 경험이란 없다. 상처받았던 기억들과 무기력했던 시절을 통해 더 많은 사람들을 이해할 수 있게 되었다. 단점인 줄 몰랐던 솔직하고 직설적인 말버릇을 이제는 고쳤다.

변명이라 생각하거나 나약하다고 여겼던 사람들에게도 이제는 공감할 수 있다. 평생 없을 것이라 여겼던 것들, 생각지도 못했던 일들을 겪으면서 무언가를 장담하지 않게 되었다. 오해하면 오해한 대로 두고, 누군가에게 나의 뜻을 강요하지 않기로 했다. 꽤나 의연해졌다.

우리는 무한 경쟁 속에서 지쳐간다. 나와는 다른 사람들 때문에 낙담할 필요가 없다. 다시 태어날 수는 없으니 다시 태어난 것처럼 살아야 한다.

자기 자신에게만큼은 '정신승리'를 하는 것이다. 있는 그대로의 나를 사랑하고, 어제의 나보다 성장한 오늘의 내가 되는 것, 그 자체로 충분하다.

옆의 친구나 인터넷 너머의 누군가가 아닌, 오직 '나'라는 존재에 집중해보자. 조급해 한다고 해서 일이 빨리 해결되지 않는다. 죄책감과 고민은 해결책이 아니다. 나의 길은 따로 있다. 포기하지 않으면 결국 도달할 수 있다.

내일은 과연 해 뜰지 알 수 없다. 하지만 내일은 분명히 있다. 내일을 위한 당신이 내면의 목소리에 귀를 기울이고 자신만의 길을 걸었으면 좋겠다.

그 길이 아무리 험난하더라도 그것이 가장 나다운 길임을 잊지 말자. 감정을 이해하고 조절하는 지도를 함께 그려보자. 그 길 위에서 너와 나, 우리 모두가 진정한 의미를 찾아갈 수 있기를 바란다.

디지털 설탕을 줄이는
SNS 다이어트 가이드

　우리는 SNS를 통해 달콤한 칭찬과 좋아요를 얻으며, 자극적인 숏폼 영상을 보고 도파민을 느낀다. 인스타그램의 시각적인 풍경, 페이스북의 감성어린 대화, 트위터의 빠른 정보는 매력적이지만, 때로는 우리를 지치게 만든다.

　SNS는 나에게 말렌카 꿀케이크와 같다. 위에 잘게 부수어진 월넛 가루가 얹혀져 있는 말렌카 꿀케이크는 층층마다 얇은 꿀이 발라져 있다. 없으면 다른 케이크를 찾겠지만, 말렌카 꿀만의 달콤함을 다시 느낄 수 없다면 아쉬울 것이다.

　샌프란시스코에 살던 마네시 세티는 하루에 최대 19시

간이나 SNS에 중독되어 있는 자신을 발견했다. SNS를 끊고 싶었던 그는 파격적인 아이디어를 생각해냈다.

세티는 자신도 모르게 SNS를 하고 있으면 뺨을 때려줄 도우미를 고용해보았다. 결국 그는 이제 일상을 찾고 업무 효율도 전보다 4배나 올라갔다고 한다. 이 기발한 실험은 일론 머스크가 한 트위터 게시글을 리트윗하면서 전 세계적인 주목을 받았다.

달콤한 케이크도 과하게 먹으면 쓰디쓴 독이 된다. SNS와 도파민 중독으로 인한 문제가 끓어오르는 지금, 이제 디지털 디톡스를 통해 정신 건강을 위한 다이어트를 시작해야 할 때이다.

그렇다면 어떻게 이 디지털 설탕을 조절하고 건강한 SNS 생활을 할 수 있을까?

1. 자신의 소비량을 파악하자

케이크의 첫 조각은 맛있지만, 두 번째나 세 번째 조각은 결국 부담만 가중시킨다. SNS도 마찬가지다. 하루에 얼마나 많은 시간을 SNS에 할애하는지, 어떤 콘텐츠에 끌리는

지 체크해보자. 그것이 시작이다.

2. 건강한 식재료로 만든 콘텐츠를 즐겨라

SNS에서의 팔로우도 신중해야 한다. 자극적이고 부정적인 정보보다는 나를 성장시키거나 긍정적인 영향을 미치는 계정을 팔로우해보자.

알고리즘이 계속해서 나를 비슷한 세상으로 이끌어줄 것이다. 설탕보다 영양가 높은 꿀이나 설탕 대체제로 만든 케이크를 선택하는 편이 나은 것처럼.

3. 정해진 시간에만 섭취하라

나는 말렌카 꿀케이크를 주문해서 배송 받으면 조각 조각 잘라서 냉동실에 얼려둔다. 정해진 요일에만 꺼내어 먹는 것은 나에게 주는 보상이다.

달콤한 보상처럼 하루 중 특정 시간에만 SNS를 확인하는 시간을 정해보자. 조각내서 얼려둔 케이크처럼, 점심 시간 30분, 저녁 시간 30분과 같이 정해둔 시간에만 보자. 그렇게 SNS 섭취를 조절할 수 있다.

4. 대안을 마련하라

가끔은 케이크 대신에 과일을 선택하듯 SNS 시간을 줄이고 다른 활동으로 대체해보자. 책 읽기, 운동, 요리 등 새로운 취미를 찾아보는 것은 마음의 건강을 지키는 좋은 방법이다. 뿐만 아니라 새로운 인연과 보람도 함께 얻게 된다.

5. 점진적으로 줄여나가라

갑자기 모든 SNS를 끊는 것은 힘든 일이다. 단식 다이어트에는 반드시 요요 현상이 뒤따른다. 갑작스러운 디지털 디톡스도 재발의 위험을 높일 수 있다. 점진적으로 사용시간을 줄여나가며 스스로를 조절하는 훈련을 해보자.

6. 균형 있는 식습관을 위한 도구를 쓰자

요즘은 칼로리 계산 애플리케이션이 식단을 포함해서 하루에 마시는 물의 양까지 관리해준다. 시대가 좋아졌다. 스마트폰 사용 시간을 제한해주는 여러 도구들을 활용해

보자.

　대부분의 스마트폰에는 이미 이러한 기능이 내장되어 있다. 눈으로 보는 것과 대충 알고 있는 것은 다르다. 직접 사용 시간을 보고 제한하면 하루 동안의 SNS 사용량을 쉽게 조절할 수 있다.

　'남들 다 하니까 나도 상관 없다'는 식의 자기 위로나 '이번이 마지막이다' 라는 다짐은, 다이어트중인 사람이 '맛있는 것은 0칼로리'라며 케이크 한 판을 다 먹어치우는 것과 같다.

　SNS는 현대 생활의 달콤한 부분이지만, 과도한 섭취는 분명 건강에 해롭고 비만을 초래한다. 케이크를 적당히 먹는 것이 소소한 행복을 주는 것처럼, SNS 사용도 균형 있게 관리하는 것이 필요하다. SNS 다이어트를 통해 우리의 디지털 생활은 한층 더 맛있고 건강해질 것이다.

제7장

이주희

11년 차 초등 교사이자 독서와 글쓰기를 사랑하는 작가이다. 『아이 문해력, 초등 6년이 답이다』의 저자로 초등 독서, 문해력 교육에 앞장서 왔다.

최근에는 아동심리상담사, 부모코칭지도사 자격을 갖추어 부모 교육 및 부모 코칭 전문가로도 활동하고 있다. 아이에서 성인, 그리고 가족 단위의 집단을 아우르는 다양한 사람들과의 만남을 통해 인간관계와 감정 관리에 대해 끊임없이 탐구 중이다.

인스타그램 : @thisweek_edu

육아에서 나를 찾다
부모의 기분 관리법

육아는 끊임없이 변화하는 감정의 파도와 같다. 하루가 다르게 성장하는 아이를 보며 느끼는 기쁨과 동시에, 부모로서의 불안과 책임감은 때때로 우리를 힘들게 한다.

우리는 스스로에게 "내가 잘하고 있는 걸까?"라고 묻곤 한다.

이러한 의문은 마음 한편에 자리 잡고, 우리를 깊은 고민에 잠기게 한다. 이는 단순한 불안이 아니라, 어떻게 하면 더 나은 부모가 될 수 있을지 찾는 과정이다.

교사인 내가 학부모 상담을 하면서 가장 자주 마주하는 것은 부모들의 끊임없는 고민이다. 심지어 아무 걱정이 없겠다 싶은 학부모조차 "우리 아이가 너무 착해서 걱정이다."라고 말씀하신다.

부모들이 자녀를 키우면서 갖는 책임감의 무게를 새삼 느낀다.

부모는 자신도 모르게 자신을 부족하다고 여기며 언제나 더 나은 부모가 되기 위해 애쓴다. 자신의 역할에 대해 너무 엄격하게 판단하고 있기 때문이다.

부모로서의 여정은 외롭고 힘들 수 있다. 아이의 첫 걸음마, 첫 단어와 같은 기쁜 순간들이 있지만, 동시에 아이가 처음으로 아플때의 두려움, 학교에서 첫날의 긴장감 같은 순간들도 있다.

이 모든 것은 우리의 감정을 종종 흔들어 놓는다. 하지만 이 과정은 부모로서 우리가 경험하는 성장의 일부다.

우리는 인내를 배우고 사랑의 깊이를 더욱 이해하게 된다.

때로는 우리가 자녀에게 충분한 시간을 할애하지 못하거나, 기대했던 모습을 보여주지 못할 때 죄책감에 시달린다.

이런 감정은 특히 자녀 교육에 대한 사회적 압박이 몰려오는 요즘 더욱 강하게 느껴진다. 하지만 중요한건 모든 부모가 각자의 방식대로 최선을 다하고 있다는 사실이다. 완벽한 부모는 없다.

우리 모두가 겪는 시행착오를 통해 우리는 더 나은 방향을 찾아갈 수 있다.

자신을 돌아보고 자기 자신에게도 친절을 베풀자. 부모뿐만 아니라 개인으로도 우리 자신을 소중히 여기자.

이는 우리가 가진 내면의 힘을 길러주고 육아의 어려움을 견딜 수 있게 만든다.

스스로 휴식을 가지며, 취미 활동이나 친구와의 만남을 통해 재충전하는 시간을 보내는 것도 필요하다. 부모가 바로 서야 아이도 바로 설 수 있다. 부모의 건강한 자기 관리는 자녀에게 안정감을 제공하고 긍정적인 롤 모델이 된다.

더불어 우리의 감정을 솔직하게 표현하는 것도 중요하다.

감정을 억누르기보다 가족이나 친구, 혹은 상담 전문가와의 대화를 통해 감정을 건강하게 관리해보자.

감정공유는 우리가 겪는 감정이 고립된 것이 아니라, 보편적인 경험이라는 것을 일깨워 준다.

부모의 여정은 우리 자신을 이해하고 성장시키는 귀중한 경험이다. 자녀뿐만 아니라 우리 자신도 함께 성장하고 변화한다.

자녀와의 관계에서 경험하는 사랑과 인내, 이해는 우리를 더욱 성숙한 인간으로 만들어 준다. 이 모든 경험은 시간이 흘러 금세 그리운 순간으로 남는다. 그리고 결국 우리가 누구인지, 어떤 부모인지 기억될 소중한 과정이 될 것이다.

자신에게 슬퍼할
시간을 허락하라

   살다 보면 우리 모두 슬픔을 마주하게 된다.

 이는 사랑하는 사람의 상실일 수도, 실패의 경험이나 큰 변화의 순간일 수도 있다. 슬픔은 마음속 깊은 곳에 자리 잡고 예기치 않게 다시 떠오를 때가 많다.

   시간이 지나도 마음 한편에 계속 남아있기 때문이다.

 슬픔은 우리를 괴롭히며 아프게 하지만, 적절히 받아들이고 이해했을 때 깊은 내면의 성장을 가져오기도 한다.

   아빠가 세상을 떠난후, 나는 말로 표현할 수 없는 큰 슬픔에 빠지게 되었다. 갑작스러운 아빠의 부재는 나에게 깊은 상실감을 안겼고 나를 바보처럼 만들었다. 일상의 단순한 활동 조차 버거운 순간이 많아졌다.

아빠와의 추억이 떠오를 때마다 혼자 울기도 했다. 하지만 세상은 나에게 슬픔을 서둘러 극복하고 일상으로 복귀하라고 말했다. "산 사람은 살아야지"라는 말은 빨리 슬픔에서 빠져나오라는 채찍질 같았다.

슬퍼하면서 슬픔을 나누는 것이 두려웠다. 피하고 피하다보니 그 감정들은 고스란히 내 안에 쌓이게 되었다.

충분히 슬퍼할 시간을 갖기 못했을 때 우리는 견디지 못하게 된다.

우울증, 불안, 심지어는 신체적 질병으로 이어지기도 한다.

아빠의 죽음을 애써 외면하며 일상을 살아가려던 나 역시 급격하게 빨라지는 심장박동과 과호흡을 겪었다.

슬픔을 충분히 허락하고 경험하지 않은 결과다.

슬픔 피하기를 멈추면서 스스로에게 시간을 허락하는 것이 얼마나 중요한지 깨달았다. 나는 시간을 가지면서 조금씩 치유의 길을 걷게 되었다.

슬픔을 받아들이는 과정은 자기 자신에 대한 깊은 애정

과 돌봄을 필요로 한다. 우리가 슬픔을 인정하고 충분한 시간을 갖게 될 때, 우리는 자신을 더욱 소중히 여기게 된다.

또한 삶과 죽음에 대해 깊이 생각하게 되기도 한다. 이는 일상에서 간과할 수 있는 삶의 본질과 의미에 대한 진지한 성찰로 이어진다. 인생에서 가장 중요한 게 무엇인지 깨닫는 것이다.

때로는 슬픔이 우리를 무력하게 만들고 일상생활을 어렵게 하기도 한다. 순간마다 마주하는 힘든 감정을 견디는 것은 쉽지 않기 때문이다.

하지만 이런 감정은 자연스러운 것이며, 각자의 방식대로 이를 수용하고 표현하는 기회를 가져야 한다. 슬픔 속에서도 우리는 삶의 소중함을 새삼 깨닫고, 남은 소중한 사람들과의 관계를 더욱 이해할 수 있다. 그 과정에서 점차적으로 상실감을 받아들이며 새로운 일상에 적용하는 법을 배우게 된다.

자신에게 슬퍼할 시간을 허락하는 것은 나 자신과 내 주변을 위해 필수다. 스스로에게 슬퍼할 시간을 충분히 허락해 주자. 그리거나 글쓰기 같은 표현 활동을 함께 하는 것

도 좋다. 너무 아픈 슬픔이었지만 나를 성숙하게 해줄 것
이다. 삶에서 진정으로 중요한게 무엇인지 깨닫고 자신을
더 깊이 이해하는 삶을 살 수 있게 될 것이다.

인간관계에서의
거리 조절법

'살아보니 느껴지는 가장 부질없는 것들'로 순위를 낼 때마다 상위에 꼭 위치하는 게 뭘까? 바로 '인간관계에 연연했던 것'이다.

검색창에 '인간관계'를 검색하면 '명언, 테스트, 책, 스트레스, 현타'라는 단어가 따라붙는다. 인간관계는 나에게만 어려운 것이 아니다. 많은 사람들의 고민거리이다.

교복을 입던 학창 시절에는 친구들 사이의 갈등이 전부였다. 비슷한 동네, 비슷한 나이의 또래들과 성장통을 겪으며 일상을 지냈다. 새로운 집단에 들어가며 어른의 세계를 맛볼 때마다 차원이 다른 인간관계를 맞닥뜨리게 된다.

우리는 누군가와 가까운 관계를 맺기도 하고, 때로는 누군가로부터 거리를 두기도 한다. 인간관계를 어떻게 해야 하는지 배워본 적이 없기에 그 모든 게 어렵기만 하다. 결국 인간관계에 연연해하는 시절을 누구나 겪게 된다. 인간관계에 대한 지나친 집착으로 종종 스트레스와 불필요한 갈등을 경험하기도 한다.

많은 사람들이 하는 고민 중 하나가 바로 인간관계의 거리이다. 우리는 인간관계를 맺을 때 상대방과 감정적으로 가깝게 연결되기를 원한다. 그래야 비로소 진정한 관계, 친구 같은 관계라고 생각한다. 하지만 이러한 연결은 서로에게 과도한 감정적 부담을 느끼게 만든다. 종종 상대방을 지치게 하고, 관계를 지속하기 어렵게 한다. 어느 정도의 거리를 둬야 서로가 편안하게 숨을 쉴 수 있기 때문이다. 거리감은 필요한 순간에 필요한 만큼 유지되어야 한다.

인간관계에서의 거리 조절에는 세심한 주의가 필요하다. 친밀감이 깊어질수록 우리는 서로에게 더 의지하며 편히 대하게 되지만, 개인적인 시간과 공간이 필요하다는 것을 잊지 말아야 한다.

특히 가까운 사람일수록 서로의 공간을 인정하는 것이

중요하다. 절친한 친구, 연인, 부부간의 관계가 그러하다.

함께 나누는 생각이 계속되면 상대방의 짐을 마음속에 같이 짊어지느라 나 자신을 망가뜨리게 된다.

행복한 일상을 말하는 상대방의 말에 같이 행복해졌다가, 우울한 일상을 말하는 상대방의 말에 같이 우울에 빠지기도 한다. 사랑이자 의리라고 생각한 당연한 감정 공유가 과해질 경우, 나 자신이 굳게 설 수가 없다.

상대방과 갈등을 겪을 때도 마찬가지다. 너무 편한 사이가 되어 서로에 대한 존중이 줄어드는 과정을 겪으며 '변했다'라는 말이 나오는 순간이 있다.

이때 상대방의 부정적인 말과 행동에 휩쓸릴 필요는 없다. 상대의 마음에 상처받지 말고 때로는 그냥 흘러 보내자. 불필요한 간섭과 충돌을 줄이기 위해서는 적절한 거리감을 유지할 필요가 있다.

우리는 서로를 잘 알고 있다고 생각하지만 사실은 그렇지 않다. 사람마다 가지고 있는 생각과 감정, 성향은 매우 다양하고 복잡하다. 우리가 상대방의 모든 것을 알 수 없다는 걸 받아들여야 한다.

내 안의 경계를 알고 상대방의 경계 세계도 인정하는 게 그 첫걸음이다. 내가 지속하지 못할 정도로 소모가 큰 관계가 된다면, 상대방에게 이 경계에 대해 확실하게 표현할 필요가 있다. 적절한 거리감은 관계를 더욱 건강하게 유지할 수 있게 해준다.

거리를 두는 것을 마냥 부정적으로 생각하는 경향이 있는데 그렇지 않다. 오히려 건강한 관계를 위해 필요한 공간을 제공해 주는 경우가 많다.

이 공간은 관계를 더욱 튼튼하게 만들어준다. 결국 우리 각자에게 맞는 균형을 찾는 과정인 셈이다. 이 과정이 처음에는 어색할 수 있다. 하지만 가장 나답게 지낼 수 있는 솔직한 인간관계를 만들어 줄 것이다. 관계는 더 오래 지속되며 서로에게 긍정적인 영향을 미치게 된다.

"인간관계는 꽃과 같아서, 너무 가까이하면 짓누르고 너무 멀리하면 시들게 된다."라는 말이 있다. 관계를 유지하기 위해 나름 열심히 노력은 하지만, 소모적이고 불필요한 인간관계 때문에 내 시간과 에너지를 낭비하지는 말자.

밀접한 인간관계를 유지할 때도 적당한 거리를 둘 때도 있는 법이다. 우리에게는 당당하게 상대방과 거리를 둘 자유가 있다. 어떤 때는 과감하게 상대방과 거리를 두고 내 삶에 집중해야 한다.

무례한 사람에게
센스있게 대처하는 법

한국 사회에서 무례를 범하기 딱 좋은 요건. 상대방이 서비스직이거나, 어리거나, 나의 부하 직원이거나. 안타깝게도 난 이 세 가지를 모두 갖춘 사람이었다. 하루는 외부로 강의를 가게 되었다.

연구와 성과를 낸 것이 많아 강사로 서게 되었지만 청중들은 딱 봐도 나보다 상관, 심지어 20살은 더 많아 보였다. 딱히 나에게 우호적인 척할 이유가 없어서 일까. 내부 강의를 할 때와는 사뭇 다른 분위기가 느껴졌다.

강연은 순조롭게 진행되었고 대부분의 청중은 흥미롭게 집중했다. 당연히 모두가 그런 것은 아니었다. 피곤함을 노골적으로 드러내는 한 분이 계셨다.

자세를 이리 고쳤다 저리 고쳤다 하며 불만 가득한 눈으로 흘깃거리던 그분은 마칠 시간이 다가올수록 더 눈에 띄는 행동을 했다.

결국은 고의로 내는 듯한 큰 하품 소리와 기지개를 뽐내며 강연을 어수선하게 만들었다.

순간 많은 생각이 들었다. '내가 애써 준비한 강연인데 꼭 저렇게까지 했어야 할까.' '내가 만약 더 경력이 많았다면 이런 일은 당하지 않았을까'라는 생각 말이다. 곧이어 '내 강연이 지루했나?'라는 부정적인 생각도 꼬리를 물었다. 너무 속상했다.

강연은 꽤나 성공적으로 마쳤지만 머릿속에는 그분의 무례했던 하품과 기지개만 떠올랐다. 이건 아니다 싶어 외부 강의를 많이 하시는 선배를 찾았다. 같은 상황이었다면 선배는 어떻게 했을지 물었더니, 선배는 잠시 후에 아주 신선한 말을 건네주었다.

"음... 나라면 가서 물었을 것 같아. '아유~ 많이 피곤하시죠?'라고 말이야"

그렇다. 무례함을 범한 사람 때문에 내가 힘들어할 필요가 없었다. 그 상황에 적절하게 대처하면 그만이었다. 상대방에게 자신의 행동을 되돌아볼 기회를 제공함과 동시에 나 자신을 보호할 수 있었다.

누구나 살아가면서 무례한 사람을 만나기 마련이다. 그들은 상대방에게 당혹감을 안기며 상처를 준다. 때로는 나의 자존감을 흔들어 놓기도 한다.

내 속마음을 말하고 싶지만 오해받을까 봐, 상황이 악화될까 봐 목구멍까지 차올랐던 말을 다시 꾸역꾸역 넣으며 속으로 삭이기도 한다. 그런 사람들에게 "선 넘었어요!!"라고 크게 말해버리고 싶기도 하다.

무례한 사람들은 다른 사람의 기분이나 생각은 고려하지 않는다. 자신의 입장만 중요하다고 생각하며 상대에게 강요한다. 무례한 사람들을 직장에서 만나는 경우 일은 더 심각해진다. 자신의 지위나 권력을 이용하여 흔히 말하는 '갑질'까지 이어질 수도 있다. 상황에 따라 자신의 권위를 높이기 위해 상대방을 깎아내리기도 한다.

무례함을 범한 사람 때문에 내가 힘들어하지 않기 위해

서는 적절한 대처법을 알 필요가 있다. 먼저 상대방의 행동을 객관적인 사실로 받아들이고, "정말 그렇게 생각하시나요?"라고 되묻는 것이다.

문제가 되는 행동임을 상기시키기 위해 "그 말은 정말 속상하네요. 왜 그런 말을 하셨는지 모르겠어요."라는 말을 건넬 수도 있다.

상대방에게 어떻게 되물어야 할지 모르겠다면, 상대방의 표현을 그대로 되묻는 것도 괜찮다. "지금 제가 '대충했다'라고 하셨어요?"와 같이 말이다. 때론 굳이 되묻지 말고 무성의하게 반응하는 것도 좋은 방법이다.

무례한 행동의 원인은 다양하지만 대부분 자신의 행동이 상대방에게 어떻게 받아들여지는지 고려하지 않는 경우가 많다.

자신의 감정을 표현하거나 조절하는 능력이 부족하거나, 자존감이 낮거나, 자신의 상황이 불리한 경우에도 사람은 무례해질 수 있다. 알고 보면 이들은 아주 안타까운 존재다.

무례한 사람에게 초연하게 대처하는 것은 감정을 억제하는 것이 아니라, 감정을 관리하는 능력을 개발하는 것이다. 나의 감정을 인식하고 적절히 표현하는 것이 중요하다.

　무례한 일을 당했을 때는 당황하지 않는 모습을 먼저 보이자. 흔들리고 자신감 없어지는 모습이야말로 무례한 사람이 원하는 결과라는 점을 기억하자. 내가 소중하고 만만치 않은 사람임을 가장 잘 말해줄 수 있는 사람은 '나'뿐이다.

제8장

김영미

엉망진창 삐뚤빼뚤 인생, 어떻게든 이어온 한줄.

책과 운동으로 환골탈퇴
10개국 배낭여행
10개의 직업
10년 뉴질랜드 거주

어른의 감정조절이란 굽이굽이 숨어있는 나 자신을 만나는 숙제.

쓰레드: haruban_111

지나친
자신감과 자기비하

　내 속엔 내가 너무도 많아서 당신의 쉴 곳 없네.

　예전에 인기 있었던 노래 중 아직까지도 기억에 남는 가사인데, 이 부분이 유독 기억에 남았던 이유는 바로 일상에서 내가 평소 느끼던 생각과 공감했기 때문일 것이다.
　생각이 많고, 감정선이 파도를 칠 때가 많아서 더 그런지도 모르겠지만 정말 내 안에는 내가 너무도 많았다.
　감정적인 부분에서도 그러했다. 한 가지 감정이라고 뭉뚱그려 생각했던 감정들이 사실 들여다보면 모순적이거나 양면적인 여러 가지 부분들이 있었다. 슬플 때도 꼭 슬프지만은 않은 내가 있었고, 기쁠 때도 기쁘지만은 않은 내가 있었다.

화가 나면서 슬프기도 했고, 충족감을 느끼면서도 외롭기도 했다. 무언가를 성취한 후에는 만족감도 있었지만 불안도 함께했고, 많은 사람들과 함께 하는 시간 속에서 정신적인 빈곤을 경험하기고 했다.

고립되고 싶으면서도 연결이 완전히 끊어지는 건 또 싫었다. 정말 말 그대로 내 안에는 내가 너무 많아서, 내가 왜 이런 감정을 느끼는지 나조차도 나를 잘 모른다고 느낄 때가 부지기수였다.

일상에서 이런 감정을 느끼는 것은 비단 나 뿐만은 아닐 것이다. 하루하루 일상을 살면서도 우리는 종종 감정의 모순된 면을 경험한다. 그 중에서도 내가 가장 자주 느끼는 모순적인 감정 중의 하나는 바로 나 자신에 대한 과장된 자신감으로 나타나는 과대평가와 신랄한 자기비판으로 나타나는 자기비하라는 양 두 극단의 감정이다.

언뜻 보면 서로 완전 정반대의 두 감정인 것 같은 과장된 자신감과 자기비하하는 그 뿌리를 살펴보면 완전히 정반대의 감정이라고도 할 수 없다.

이 두 감정들을 잘 살펴보면, 두 감정 모두 내가 나를 잘 모르기 때문에, 나를 객관적으로 보는 힘이 부족해서다.

나에 대해서 잘 모르고 있는 상태에서는 감정은 쉽게 주변의 시선이나 평가에 따라 영향을 받고 달라지는 것도 한 이유라고 볼 수 있다. 과장된 자신감으로 보여지는 과대평가와 신랄한 자기비하는 보통 아래와 같은 형태로 설명할 수 있다.

먼저, 과장된 자신감이란, 사람들이 자기 능력을 너무 높게 평가하고, 아직 해보지 않은 일에 대해서도 너무 자신만만해하는 상태를 말한다. 간단한 예시로는 친구 중에 운전 경험이 많지 않은데도 불구하고 복잡한 도심에서 운전할 수 있다고 큰소리 치는 경우를 생각해 볼 수 있다.

그 친구가 실제로 도심을 운전하다가 길을 잃거나 교통사고를 낼 위험이 더 높아질 수 있고 타인에게 거만하게 보일 수 있다. 물론 실수를 했을 때 자신을 더 심하게 자책하게 만들 수도 있다.

반면, 자기비하는 자신의 능력을 너무 낮게 평가하는 경향이다. 예를 들어, 회사에서 중요한 프로젝트를 맡을 기회가 있을 때, "나는 이걸 잘 못해. 다른 사람이 하는 게 나을 거야"라고 생각하는 사람이 있을 수 있다.

이런 생각은 새로운 기회나 도전을 회피하게 만들고, 자신감이 부족해서 스트레스나 불안을 더 느끼게 할 수 있다.

완벽주의 성향이 있는 사람들은 자신에게 높은 기준을 설정하고, 그 기준에 도달하지 못할 때 크게 실망한다.

어떤 일에서 100점 만점에 98점을 받았는데도 불구하고, 완벽하지 않다고 스스로를 탓하는 사람이 있을 수 있다. 이런 성향은 자기비하로 이어질 수 있다.

이런 감정은 모두 일상에서 흔히 볼 수 있는데, 중요한 것은 자신의 강점과 약점을 현실적으로 평가하고, 필요할 때 도움을 요청하는 능력을 키우는 것이다. 이렇게 하면 자신의 능력을 과대평가하거나 과소평가하는 함정에서 벗어날 수 있다.

체력이
좋은 태도를 만든다

처음으로 몸과 마음이 이어져 있다는 걸 경험했던 시기는 고3 무렵이다. 극심한 입시 스트레스로 과민성 대장 증후군에 걸린 것이었다.

스트레스가 극에 달하자 소화기능에도 문제가 생기고, 자주 체하고 소화가 잘 안됐다. 늘 위가 아프고, 피부는 푸석했고, 몸은 부어있었다.

몸이 이러니 평소 기분도 좋을 리가 없었다. 안 그래도 예민했던 나는 그 당시, 정말 까칠 대 마왕이었다.

나는 모태 예민러 였다. 남들이 별 생각 없이 하는 말에도 자주 상처받고, 상대가 어떻게 받아들일까 하는 생각에

191

늘 내 의견을 확실히 말하는 일이 어려웠다.

기쁘거나 즐거운 때에도 언제나 약간의 우울과 불안이 내면에 깔려 있었다. 매사에 부정적이었고, 인간관계에도 자신이 없었다.

그랬던 내가 무던해지고, 밝고, 긍정적인 사람이 될 수 있었던 이유는 바로 꾸준하게 했던 운동 덕분이었다. 운동이라는 부정적인 감정을 다루는 도구가 생기면서, 몸도 더 건강해지는 동시에 성격도 더 밝아지게 되었다.

사실 처음에 운동을 시작했을 때의 나는 운동이 이렇게까지 큰 효과가 있으리라고는 기대하지 않았었다.

운동을 처음 시작했던 계기는 다이어트다. 20살 대학입학을 앞둔 나는 고 3때 찌울 대로 찌운 살을 빼야 하는 일이 여자라면 치러야 할 막중한 임무로 다가왔다.

여중, 여고만 다녔던 나에게 남녀가 같이 다니는 대학 캠퍼스 생활이라니. 설레기 전에, 일단, 살부터 빼고 봐야했다. 다이어트는 최고의 성형이라는 고전적인 말이 있듯 어떻게든 지금보다는 예뻐져야 했다.

하루하루, 내 일상에서 운동은 하나의 패턴으로 자리 잡기 시작했고, 그렇게 어느덧 시간이 흘러 스무살에 시작한 운동을 마흔이 넘는 지금까지 하고 있다.

난 운동을 통해 몸뿐만 아니라, 성격도 바뀌었고, 감정을 조절하는 방법을 배웠다. 운동이 내 인생을 바꾸었다. 건강한 신체에 건강한 정신이 깃든다.

그걸 인생에서 실감한 사람이 바로 나다. 몸이 건강해지면 정신도 따라서 건강해진다. 정신이 건강해지면 감정적으로도 정서적으로도 건강해진다. 몸과 마음은 연결되어 있다.

과학적으로도 스트레스 호르몬인 코르티솔 수치가 만성적으로 높아지면, 신체조직을 파괴한다고 한다. 아드레날린 수치가 만성적으로 높아지면 혈압을 상승시키고, 심장을 손상시킨다.

건강에 관심있는 사람이라면 한번쯤은 면역계의 활동을 방해하는 만성 스트레스의 영향에 대해서 들어봤을 것이다.

굳이 과학적인 증거가 아니어도 우리는 이미 일상 생활에서 그러한 증상들을 겪고 있다. 내가 고3 때 극심한 스트레스로 과민성 대장 증후군을 겪은 것처럼 말이다.

특히나 이러한 스트레스는 소화기계와 가장 밀접한 관련을 가지고 있는데, 스트레스를 받으면 소화가 잘 안되거나, 위가 아프거나 하는 경험들은 누구나 한번쯤은 해보았을 것이다.

"20년간 꾸준히 운동했어요"라고 말하면 사람들은 '우와~어떻게 그렇게 꾸준히 했어요? 비법이 뭐예요?'라고 물어본다.

난 그저 평범한 직장인으로서 매일 하루 10분이라도 운동하는 시간을 일부러 어떻게든 만들었다. 이게 비법이다.

핵심은 일상에서의 꾸준한 운동이다. 매일 운동을 지속함으로써, 성격또한 긍정적으로 바뀌는 것은 계획된 결과가 아니라 자연스러운 변화다.

운동을 통해 몸을 사용하고, 때로는 지치고 고된 과정을 겪다 보면, 어쩔 수 없이 포기해야 할 부분들이 생긴다. 이러한 순간들에서 나의 고집스러운 부분들을 내려놓게 되며, 이는 결국 나를 더 단순하고 긍정적인 사람으로 변화시킨다.

포기해야 할 것들을 포기하고 나면, 삶의 복잡함이 줄어든다. 이 과정에서 스트레스는 덜어내고 자연스레 긍정적인 태도가 몸에 배게 된다.

강철 멘탈이
되기 위해 뛰어라

　10년 간의 뉴질랜드 이민 생활을 마치고 한국으로 돌아온 나는, 타지에서의 외로움과 고난을 극복하는 데 가장 큰 힘이 되어 준 것이 바로 체력이었다고 확신한다.

　뉴질랜드에서 혼자 지내면서 맞닥뜨린 외로움과 어려움 속에서도 운동은 나를 배신하지 않고 늘 묵묵히 내 곁을 지켜준 최고의 친구였다.

　체력이 좋다는 것은 아무리 일상이 버거워도, 인생이 연속된 도전을 던져도 쉽게 무너지지 않고 이겨낼 수 있다는 것을 그때 깊이 깨달았다.

　운동을 하다 보면 자연스럽게 같은 취미를 가진 사람들

과 교류가 많아진다. 내가 만난 운동인들은 대체로 진취적이고 도전적이며 긍정적인 사람들이 많았다.

그들로부터 받은 긍정의 에너지는 내게 큰 영향을 미쳐, 평소에는 상상조차 하지 못했던 많은 일들에 도전할 용기를 주었다. 그중 하나가 하프 마라톤 참가였다

"I sweat for my mental health"
"나는 내 정신 건강을 위해 땀을 흘린다"

그는 그 문구에 걸맞게 작렬하는 오클랜드의 태양을 온몸으로 맞으며 땀을 뻘뻘 흘리며 달리고 있었다. 땀을 흘리는 그의 얼굴이 너무나 행복하고 상쾌해 보여서 기억에 남는다.

몸을 움직여서 땀을 흘리면 상쾌해진다. 내가 할 수 있는 만큼 한계까지 몰아붙이며 몸을 움직이고 나면 내 안에서 뭔가가 빠져나간 기분이 들면서 후련한 감정이 들 때가 있는데 그때, 그 남자의 표정이 딱 그랬다.

꼭 마라톤과 같은 특별한 이벤트가 아니어도 일상에서 역시 마찬가지이다. 우울할 때, 스트레스를 많이 받았을 때, 갑자기 알 수 없는 불안에 휩싸이거나, 분노가 솟구쳐

196

오를 때마다 나는 운동화 끈을 맨다.

1시간 넘는 시간을 혼자 달리며 하루 중 침묵하는 시간을 나에게 선물한다. 혹은 헬쓰장에 가서 너덜너덜해질 때까지 무게를 치며 소리를 지르기도 한다. 몸을 움직이는 일 외에는 다른 어떤 것도 할 수 없도록 나를 고립시킨다.

누구와도 부딪치거나 연결되는 일 없이, 내 몸에만 집중하는 나만의 침묵의 시간을 마련한다는 것은 무엇보다 내 정신의 정화에 중요한 의미를 가진 작업이었다.

그 시간동안은 적어도 듣고 싶지 않은 누군가의 이야기들을 애써 듣지 않아도 된다. 나 역시 그렇게 중요하지 않은 이야기들을 누군가에게 애써 떠들고 있지 않아도 된다.

몸을 움직이는 동안은, 세상의 소음에서도, 시끄러운 내 머릿속에서도 벗어날 수 있었다. 운동하는 시간은 나의 신체를 건강하게 만드는 시간인 동시에 일상에서의 내 정신을 정화하는 시간이었다.

이 모든 것이 정직하고, 생생하고, 구체적인 감각이다. 지면과 닿는 발바닥의 느낌에 의식을 집중하고, 다리를 번갈아 앞으로 내딛는 것에만 신경을 쓴다.

좀 더 정확한 자세로 달리기 위해 의식을 모은다. 그것 말고는 지금 이 순간 내가 해야 할 일은 없었다. 그러한 실감이 극심한 스트레스 상황에 있을 때에도 묘하게 나를 안정시키고 안심시켰다.

한바탕 뛰고 들어오면, 들끓었던 나의 감정은 땀과 함께 씻겨 내려가고, 따뜻한 샤워로 마무리 한 뒤 잠자리에 들면, 그날 밤은 베게에 머리를 대자마자 푹 잠들 수 있었다. 운동을 한 날과 안한날은 다음날 컨디션 자체가 달랐다. 이러니 나는 날마다 몸과 마음이 따로따로가 아니라 하나로 연결되어 있다는 것을 실감하는 것이다.

영국의 신경과학자인 대니얼 월퍼드는 인간이 뇌를 가지고 있는 이유에 대해서 이렇게 설명한다.

"우리에게 뇌가 존재하는 것은 오로지 한가지 이유는 바로 유연하고 복잡한 움직임을 만들기 위해서다." 그의 주장은 인간의 뇌의 활동은 몸의 움직임에 의존하며 뇌와 몸이 서로 떼려야 뗄 수 없는 관계라는 것이다.

움직임에 의해 뇌가 발달하는 것은 인간이 움직이는 데에는 뇌의 수많은 작용이 필요하기 때문이다. 뇌는 생각하기 위해서 존재한다고 생각하는 많은 사람들의 고정관념을 깨는 답변이었다.

2011년 메이오클리닉 신경학과의 알스코그 연구진은 인지능력과 운동의 관계를 다룬 총 1,603건의 연구 논문과 보고서에 대해 대대적인 평가 작업에 돌입했는데 그 기나긴 작업이 끝난 후, 이들의 내린 결론은 이러했다.

"움직임 없는 생활 습관은 인지 기능 저하로 연결된다"

조사 결과는 노인층 뿐만 아니라 전 연령층에서 공히 압도적으로 나타났다. 경미한 기억력 감퇴에서 우울증까지 모든 정신건강을 위협하는 인지 장애 문제가 일상에서의 운동을 통해 현저하게 개선 되었음이 나타났다.

이 결과에서 알 수 있듯이, 인지 장애는 노화의 결과라기보다 움직이지 않는 생활습관의 결과라고 보는 시각이 현시대에는 더욱 설득력 있게 와닿는다.

운동하면 우리의 뇌도 더욱 활발하게 반응한다. 운동을 하면 신체적인 활동이 증가하고 혈액순환이 활발해진다. 이는 우리의 뇌에 산소와 영양분을 공급하는 데에 일조한다.

뇌는 이 과정을 통해 세로토닌과 엔도르핀 같은 행복 호르몬을 분비하며, 이는 우리의 기분을 개선하는 데 도움이 되는 것은 이미 널리 알려진 사실이다.

이처럼 많은 연구결과들 역시 몸과 마음이 뗄레야 뗄 수 없는 관계라는 것을 보여주고 있다.

스트레스를 받았거나 기분이 우울할 때, 특별한 계획 없이도 짧은 운동을 통해 큰 변화를 경험할 수 있다. 바쁘더라도 단 5분이라도 전력으로 달리기를 시도해보자.

만약 밖으로 나가기가 귀찮다면, 집에서도 팔굽혀펴기나 스쿼트를 할 수 있고, 날씨에 구애받지 않고 계단 오르기를 하는 것도 좋은 대안이 될 수 있다.

바람을 맞으며 자전거를 타거나, 맑은 공기를 마시며 등산을 가는 것도 기분 전환에 효과적이다.

이러한 활동들이 즉시 내가 가진 모든 문제를 해결해주지는 않을 것이다. 그러나 마음이 상쾌해지고 감정이 안정되며, 몸이 가벼워지는 것을 느낄 수 있다.

운동 후에 느껴지는 성취감은 덤으로 얻게 되며, 운동은 신체적 건강뿐만 아니라 정신적 안정까지도 도와주는 일종의 치트키가 된다.

매일 10분씩 운동하는 시간을 쌓아가자. 특별히 강한 의지력이나 멘탈이 필요하지 않다. 나처럼 평범한 사람도 할 수 있다면, 당신도 분명 가능하다.

　이 글을 읽고 한 달, 세 달, 일 년 후에 당신도 지금 내가 느끼는 긍정적인 변화를 경험할 수 있기를 바란다.

고독에서
찾는 연결

　뉴질랜드에 있을 때, 그곳에 있는 교민에게 가장 많이 들은 말은 '한국의 끈끈한 정이 그립다'였다.

　그들에게 외국 사람들은 너무 개인적이고 자기 중심적이어서 정을 쌓을 수가 없다는 이야기다.

　대부분 한국을 떠난 지 20년이 넘으신 그분들의 기억 속에서 한국은 정이 넘치는 따뜻한 나라였다.

　타지 생활을 하면서 고향에 대한 그리움으로, 과장되고 미화된 부분도 분명 있다. 하지만 나 역시 한국하면 가장 먼저 떠오르는 건 '정'이라는 이미지다.

　하지만 10년 만에 다시 돌아온 우리나라는 거리에 웃는 사람들이 없었다. 한국이 이렇게까지 안 웃는 나라였나 싶을 정도로 거리에서 마주치는 사람들은 무언가에 쫓기듯 바빠 보였다.

오히려 공원에서 산책하다 마주치지만 해도 '굿모닝' 하며 인사를 해주던 뉴질랜드가 나에겐 더 정겹고 따뜻하게 느껴졌다.

불과, 15~20년 전까지만 해도 끈끈한 정의 대명사였던 우리나라가 오늘날은 같이 사는 가족끼리도 인사를 안 하는 세계에서 가장 외로운 나라로 변모했다.

최근에 본 통계 중 가장 충격적이었던 통계 중의 하나는 '집에 혼자 있을 때 즐거움을 느끼느냐'는 세계 35개국을 대상으로 한 여론조사에서 한국이 압도적으로 1위를 한 사실이었다.

심지어 은둔형 외톨이라는 뜻의 히키코모리 라는 단어의 어원적 고향인 일본도 35%의 응답률을 보였던 이 설문에서 한국은 무려 40%의 응답률로 1위를 차지했다.

혼자 있는 시간에서 가장 행복을 느낀다고 대답한 이면에는 아무도 만나기 싫다, 혼자가 편하다, 제발 나 좀 내버려두라는, 관계에 지친 한국인들이 그만큼 많다는 뜻이다.

사실, 현대사회에서의 고독과 외로움, 우울증은 비단 한국 뿐만 아니라 전 세계적인 문제이다. 우리는 항상 사람들에게 둘러싸여 있지만, 내면에서 채워지지 않는 외로움을 느낀다. 사회적 압력과 기대, 디지털화 된 소통은 우리를 더욱 감정적으로 고립시키고 있고, 외로움을 느끼게 한다.

특히나 소셜 미디어의 발전으로, 우리는 다른 사람들의 외면적인 삶에는 무차별적으로 노출되어 있지만, 진정한 감정의 연결과 공감은 점점 결핍되어 가고 있다.

혼자있는 시간이 늘어나면서 고독과 외로움에 익숙해지고 있다보니, 점점 더 혼자 있는 시간이 편하게 느껴지는 것이다.

하지만 또한 동시에, 우리는 연결을 갈망한다. 사회적 동물인 우리는 서로 소통할 수 있는 인간 관계를 원하며, 누군가에게 필요로 되고 싶어한다.

나는 성장하면서 '부모님, 선생님 말씀 잘 듣고, 친구들과는 친하게 지내야 한다'라는 말을 정말 많이 듣고 자랐다.

그로인해 나는 자주 다른 사람의 눈치를 보고, 자신의 의견을 제대로 말하는 방법은 배우지 못했다. 겉으로 보이는 예의와 질서를 위한 공동체 정신만이 강조되었다.

이는 우리 부모님 세대 역시 그러한 교육을 받지 못했기 때문이다.

사람은 자신이 알지 못하는 것을 타인에게 가르칠 수 없으니, 부모님도 우리에게 가르쳐줄 수 없었던 것이다.

이에 대해서 깊게 생각해 볼 수 있는 계기가 되었던 것은 뉴질랜드에서 만난 현지 유치원 교사 친구와의 대화를 통해서였다.

그녀가 하는 말이 동양계 학부모의 특징 중의 하나가 아이가 잠시라도 혼자 있거나 무리에서 떨어져 있는 것을 못 본다고 했었다.

아이가 잠시 잠깐이라도 혼자 있으면 내 아이가 사회성이 떨어지는 것은 아닌가 걱정한다. 그 다음은 왜 유치원에서 좀 더 적극적으로 같이 어울리게 모아주지 않는 것에 대해 컴플레인을 한다고 했다.

이에 대한 그녀의 대답이 인상적이었는데, 아동 발달시

기에서 만 6세까지는 자신에 대해서 아는 게 무엇보다 중요한 시기라고 한다.

그 후엔 사회생활을 하면서 남에게 자연스럽게 맞추게 되어있다면서 그 시기에 나를 탐구하고 관찰하는 시간을 충분히 가지면서 자기 성격을 찾아야 후에 더 깊이 있는 인간관계를 잘 할 수 있게 되더라는 게 그녀의 대답이었다.

사회성이란 사회에서 만난 모두와 친밀한 관계를 만드는 것이 아니라, 나 자신의 성향을 알고, 자기 성향과 맞는 소수의 사람과 깊은 관계를 유지하고, 안 맞는 사람이랑은 그냥 잘 지내면 됐다고 했다.

그 이야기를 듣다보니 나는 한국에서 살 때, 사회가 나에게 바라는 모습으로 가면을 쓰면서 까지 모두와 친하게 지내려 했고, 모두에게 사랑받고 인정받으려 애썼었구나 했다는걸 깨달았다. 왜 그렇게까지 했을까?

한국에서 자란 80년대 생인 나는 개인주의를 이기주의로 오해했다. 하지만 서구의 개인주의는 자기 존중을 기반으로 타인과의 관계도 존중하는 걸 말한다.

요즘은 가정에서도 자신의 진짜 모습은 보여주지 못한 채, 역할을 연기하고 있다고 느낀다는 사람들도 많다. 가정에서도 공감과 위로를 얻지 못하는 경우가 많다는 이야기다.

우리 사회는 공동체가 강조되는 사회이다 보니, 개인의 고민이나 힘듦을 가볍게 여기며, 이전 세대와는 다른 고통을 겪고 있는 요즘 세대의 어려움은 잘 인정하지 않는 경향이 있다. 이로 인해 가족이나 가까운 사람에게도 자신의 진짜 감정이나고통은 숨기게 되는 것이다.

자기 이야기를 털어놓아도 겉으론 들어주는 척 하지만, 진심어린 대화를 나누기도 점점 힘들어지고 있다. 대화에서 "왜 나에게 이런 이야기를 하지?" 또는 "네가 노력을 덜해서 그런 거 아니냐?" 같은 반응이 돌아올 때가 많기 때문이다.

이런 상황이 반복되면 친구들과 만나도 개인적인 이야기를 접고, 겉도는 이야기만 하게 되면서, 만남 후에는 항상 외롭고 헛헛한 기분이 든다.

뉴질랜드에서는 대화가 달랐다. 내가 작가가 되고 싶다고 할 때, 사람들은 내가 쓰고 싶은 글의 종류나 좋아하는 작가에 대해 물었다.

그들은 내 관심사를 기반으로 나를 알려고 노력했고, 그렇게 대화가 이어지며 관계가 형성되었다. 반면 한국에서는 대화가 종종 사회적 위치 확인이나 '쓸모로움'을 재확인하는 과정처럼 느껴진다.

이러한 상황에서 자신을 억누르게 되면, 이는 큰 스트레스로 이어지고, 고독과 외로움을 증가시킬 수 있다. 우리 모두가 원하는 것은 연결이며, 그 시발점은 나부터 시작하는 것이다.

1인가구와 개인주의가 만연한 세상에서 모두가 혼자서도 잘 살 수 있다고 말한다. 그러나 연결되고 싶어서 끊임없이 카톡하며 SNS에 포스팅을 올린다.

결국은 이 모든 것들이 누군가와 연결되고, 소통하고 싶어서가 아닐까?

본질은 고독이어도 혼자서 굳건하기엔 세상살이가 그리 녹록지는 않으니까 말이다.

요즘같이 날카로운 세상에서 상처 입은 영혼들이 서로

연결되고 싶어 하는 것은 어쩌면 당연한 본능이다.

우리는 고독한 시간들을 더 나은 관계형성을 위한 시간으로 쓸 수 있다. 고독한 시간은 실제로 자기 인식을 높이고 내면의 목소리를 듣는 좋은 기회이다.

우리가 정말 원했던 것은 혼자 있는 시간이 주는 자유로움과 고독을 두려워하지 않는 단단함이지, 고독함 자체를 원하는 것은 아닐것이다.

"고독은 우리가 세상과 연결되는 기회이며, 그것은 우리가 우리 자신과 깊이 사랑하는 방법을 배울 수 있는 과정입니다" -파울로 코엘료

우리는 고독으로 도망치는 것이 아니라, 고독으로부터 우리 자신을 깊게 사랑하고, 세상과 연결되는 방법을 배워야한다.

제9장

이민영

병원에서 다양한 발달과정에서 어려움을 가진 아이들과 부모님을 만나 평가하고 치료하고 있는 18년차 임상심리사이다.

아이들이 경험할 수 있는 사회적인 어려움을 돕기 위해 『초등학생을 위한 어린이 친구 만들기』를 공역하고, 꾸준히 아이들과 가족들을 만나며 그들의 치유와 성장을 위해 노력하고 있다.

현재 퇴사하고, 자신만의 치유철학을 실천하기 위해 준비중이고, 모든 사람이 그들이 맺는 관계 안에서 doing이 아니라 being으로 무조건적인 존중을 받을 수 있기를 희망하는 관계힐러이다.

충분히 가진 것처럼
느끼면서도 불만족 할 때

나는 오랜 시간 '자동운전 모드'로 살아왔다. 수년간 몸에 익은 루틴대로 생활했고, 의식하지 않고 노력하지 않아도 일은 돌아갔다. 하지만, 모든 것이 당연한 일상들이라 여겨지는 순간이 늘어갔고, 그런 상황에 익숙해질수록 나는 무감각해졌다.

세상에는 가진 것이 많은데도 만족하지 못하는 사람들이 있다. 집도, 차도, 직장도 모두 안정적이고, 겉으로는 행복한 삶을 살고 있는 것처럼 보이지만, 마음 한구석에는 늘 무언가 부족한 느낌이 든다.

내가 가진 모든 것을 생각하면 더 이상 바랄 것이 없어야 하는데, 왜인지 모르는 공허함과 불만족이 찾아온다.

나는 임상심리전문가가 되고, 직장에서 승진하고, 연봉이 올라가고, 주변 사람들의 축하와 부러움을 받았다. 그런데도 불안함이 밀려왔다.

좋은 기회가 주어졌는데, 이제는 뭘 또 해내야지? 뭘 보여줘야 할까라는 부담감이 느껴졌다. 다음에도 뭔가 해내야 할 압박감이 나를 짓눌렀다. 잘 하지 못하면 어떻게 하지? 나의 부족함이 드러나면 어떻게 하지?라는 생각이 머릿속을 가득 채웠다.

그런 고민 속에서 현재에 머물지 못하고, 미래에 대한 불안과 과거에 대한 불만 속에 있었다.

충족 속의 불만족은 많은 사람들에게 낯설지 않다. 모든 것을 가진 것처럼 보이지만, 마음은 여전히 만족하지 못하는 이 모순적인 감정은 우리의 욕구가 끝없이 확장되는 현대사회에서 더욱 두드러진다.

하지만, 이런 불안정한 감정에 계속 머무를 순 없었다. 이것이 나에게 주는 메시지를 찾아야했다. 불만족은 단순히 부정적인 감정이 아니라, 나를 더 나은 사람으로 만들 수 있는 자극이 될 수 있다.

내가 만족하지 못하는 이유는 나의 목표가 더 높아지고, 내가 성장하고 싶어 한다는 증거일지도 모른다. 하지만 동시에, 내가 가진 것에 대한 감사와 만족을 잊지 말아야 한다는 생각도 들었다.

나는 종종 오늘 하루 기쁘고 고맙게 느꼈던 순간을 적는다. 행복한 순간을 음미하기 위해 오늘 하루 즐겁고 감사했던 것을 기록한다.

거울을 마주하는 순간에는 내가 지금 이대로도 얼마나 괜찮은 사람이고, 삶에 필요한 다양한 기술을 갖추고 있다고 말해주기도 한다. 이런 의식을 통해 내가 할 수 있는 것을 발견하고, 좀 더 아름답고 눈부신 것에 초점을 맞출 수 있다.

대부분의 사람이 하는 생각은 내면에서 일어나는 독백이다. 종종 드라마에서 악마와 천사로 분장한 내가 수다스럽게 자신의 의견을 피력하는 장면을 보았을 거다.

MBSR(마음의 스트레스 감소 프로그램)을 개발한 존 카밧진(John Kabat-Zin)은 마음 챙김 과정에서 우리가 자연스럽게 내 안의 '비평가'와 '관찰자'를 만나게 된다고 했다.

'비평가'는 우리 내부에서 끊임없이 평가하고 심판한다. 주로 부정적이고, 자신을 비난하고 의심한다. 반면, '관찰자'는 우리 내면세계를 주의 깊게 관찰하고 인식하는 역할을 한다.

우리가 항상 불안하고 불만에 차 있는 비평가의 말에 귀기울이면 일상에서 만족하는 방법을 잃어버린다. 하지만, 관찰자는 지금 이 순간에 머물면서 현재에 사는 일이 어떤 즐거움을 주는지 알려준다.

둘 중 하나를 선택할 수 있다면, 여러분은 누구와 함께 살고 싶은가? 나는 망설임 없이 '관찰자'와 살고 싶다고 말할 거다. 하지만, 쉽지 않다. 그래서 마음 챙김 훈련이 필요하다.

마음 챙김을 통해 우리는 비평가와 관찰자의 역할을 분명히 이해하고, 그들 간의 균형을 유지하는 법을 배워야 한다. 우리가 과거의 후회에 매몰되지 않고 오지 않은 미래로 인해 불안해지지 않으려면, 현재에 머물러야 한다.

우리는 비평가의 부정적인 영향을 최소화하고, 관찰자의 인식을 키우는 노력을 통해 더욱 건강하고 행복한 삶을 살아갈 수 있게 된다.

요즘 내가 가장 좋아하는 마음 챙김 명상을 하나 소개하려고 한다. 바로 오감 명상이다. 지금처럼 계절의 변화를 느낄 수 있는 계절에 맞춤이라 생각해서 밖에 나갈 때마다 활용하고 있다.

여러분도 나와 함께 산책한다고 느끼면서 상상력을 동원하면 좋을 것 같다. 봄날의 산책을 통해 오감 명상을 해보자. 아름다운 꽃들이 피어있고 바람이 부드럽게 스치는 봄날, 우리는 자연의 아름다움을 감상하고 오감을 느낄 수 있다.

1. 촉각 : 먼저 외출하기 위해 입은 옷이 피부에 닿는 감촉에 살펴본다. 그리고 외부로 감각을 옮겨 손으로 꽃잎이나 나뭇잎을 살짝 건드려봐라. 부드럽고 싱그러운 식물의 표면을 통해 어떤 것이 느껴지는지 자세히 관찰하자.

2. 청각 : 사람들의 목소리, 차 소리 사이로 작게 들리는 새들의 지저귐을 들어보자. 새들의 제각기 내는 다른 소리에 귀 기울여보자. 그리고 내 몸 안에서 나는 소리에도 주의를 기울여보세요. 소리가 변화고, 커지고 희미해지고 과정을 자세히 관찰하자.

3. 시각 : 주변을 둘러본다. 다양한 크기, 형태, 색감을 가진 꽃과 식물들을 관찰하자. 그리고 그 아름다움에 시선을 집중해 보자.

4. 냄새 : 꽃밭이나 나무 밑을 걸으며 자연의 향기를 맡아보세요. 꽃들의 달콤한 향기나 나무의 상쾌한 향기를 느껴보자.

5. 미각 : 산책 후에는 가장 좋아하는 디저트나 음료를 즐겨보자. 달콤한 디저트와 따뜻한 커피를 맛보며 미각을 살펴보자.

나는 요즘 오감 명상을 통해 봄의 아름다움을 더 깊이 경험하고 있다. 산책하는 동안 다양한 감각을 살펴보고 주변의 자연과 조화를 이루는 순간을 즐겨보길 바란다.

이런 활동을 통해 나는 마음과 몸을 휴식시키고, 삶의 아름다움에 더욱 감사함을 느낄 수 있게 되었다.

나는 영화관의 빈 스크린과 같다. 어떤 날은 공포영화가 어떤 날은 로맨스가 어떤 날은 코믹물이 펼쳐진다. 내가 영화의 장르를 선택할 수도 상영시간을 예측할 수도 이를 통제할 수 없다.

지금, 이 순간 내가 할 수 있는 일은 단지 일어나는 일을 있는 그대로 바라보는 일뿐이다. 과거에 대한 후회와 오지 않은 미래에 대한 두려움에 주의를 두기보다는 지금 경험하는 모든 감각에 집중하며 오늘을 살자.

트라우마 치유,
세상과 연결되다

   자크 라캉(Jacques Lacan)은 말했다. "우리는 타인의 욕망을 욕망하며 산다." 이 말은 우리의 욕망이 다른 사람의 욕망에 의해 형성된다는 것을 의미한다. 더불어, 우리는 다른 사람들과의 관계를 통해 정체성을 형성하고 자아를 발견한다.

   상담 과정에서 많은 사람들이 관계에서의 고통에 관해 이야기한다. 주로 소중하고 친밀한 관계에서의 상처로 인해 현재의 관계에 어려움을 겪고 있다. 이러한 관계적 상처는 가족과의 초기 상호작용에서 비롯될 수 있다. 특히 어린아이의 성장과 발달은 부모의 반응에 따라 큰 영향을 받는다.

EMDR을 배우는 과정에서 나는 내 경험을 되돌아볼 기회가 있었다. 나는 직장에서 무력감을 느꼈던 상황을 떠올렸다. 그 순간, 내가 그 자리에 갇혀있는 듯한 느낌과 함께 그때의 상황이 생생하게 떠올랐다. 그곳에서 무력함을 느끼며 아무런 반응을 하지 못한 뒤에 한참을 울다 도망치듯 운전하는 모습이었다.

나는 어린 시절의 한 장면도 떠올랐다. 새로운 동네에서 친구를 사귀지 못하고 외로움을 겪는 모습이 생각났다.

이사 간지 얼마 되지 않았을 때 한 아이 집에 초대받았다. 아침부터 들떠서 그 아이 집으로 갔지만, 난 그 집에 들어가지 못했다.

인터폰 너머로 그 아이들은 나는 당황해서 어쩔 줄 몰라하며 한참을 그 자리에 서 있었다. 그 후의 기억은 흐릿하다. 그러나 누구에게 이야기하고 위로받지 못한 것 같다. 그 시절 내 사진을보면 표정이 어둡고 쭈뼛거리고 있다. 잊고 있었지만, 놀림 받았다는 사실에 수치심을 느끼고 주눅 들었다. 이런 경험으로부터 나는 사람들과의 관계를 형성하는데 어려움을 겪었다. 한동안 내 감정을 이해하고 표현하기가 어려웠다. 하지만, 계속되는 치료 과정을 통해 부정적인 인지로부터 벗어나 긍정적인 인지를 가지게 되었다. 내 안에 갇혀있던 부정적인 감정들을 해방하고, 선택의 자유를 느낄 수 있었다.

이러한 경험을 통해 내가 사람들과의 관계에서 유지해 왔던 안전거리에 대해 생각해 보게 되었다. 모든 관계적인 경험이 상처로 남는 것은 아니다. 하지만, 트라우마가 나를 갉아먹고 있다면 그것을 알아채고 치유할 필요가 있다.

나는 내가 어떤 이유로 상처를 입지 않기 위해 먼저 상대방을 상처 주는 행동하는지 깨달았다. 이러한 과정은 쉽지 않았지만, 나를 보호하기 위해 사용한 자기 보호 전략을 알아내는 것이 중요하다.

이를 통해 나는 내 감정을 표현하는 방법을 배우고, 관계에서 더 건강한 접근할 수 있게 되었다.

때론 고통이 해결되지 않고 켜켜이 쌓여 있을 수 있다. 겉으로 보이게 남부러운 것 없는 안정적인 생활을 살고 있었지만, 내면에서는 억압된 감정과 불편함이 쌓여있었다.

이에 따라 동료나 친구와의 관계에서 이질감과 배신감을 느끼기도 하고, 외로움과 허전함을 경험하기도 했다. 때로 이런 고통이 커지는 날에는 더욱 혼자 있고 싶었다.

이처럼 트라우마로 인해 우리는 쉽게 상처받는 상태에

놓이게 된다. 불편한 감정이 쌓여 '괜찮지 않은' 상태에 머물게 된다. 트라우마로 고통받는 사람들은 원인이 되는 사건이나 사람이 아닌, 트라우마와 연결된 생각 때문에 어려움을 겪는다.

이러한 생각은 우리의 무의식적인 영역에서 발생하기에, 의식적으로 이를 통제할 수 없다. 그러나 트라우마 치료를 통해 이러한 기억과 관련 생각을 다룰 수 있다.

많은 트라우마 치료 방법들은 트라우마와 관련된 특정 기억을 재처리하고 얼어붙은 감정과 경험을 해결하도록 돕는다. 그중 내가 관심 있게 활용하고 있는 치료법들은 중 하나인 EMDR (Eye Movement Desensitization and Reprocessing)은 양측성 자극을 통해 부정적인 신념과 감정을 처리하여 기억의 감정적 부담을 완화한다.

브레인스포팅(Brain spotting)은 감정적인 경험과 관련된 뇌 스팟에 주목하여 감정적인 블록을 해소하도록 도와준다. 감각 운동 심리치료는 신체 감각과 정신적 고통 사이의 연결을 강조하여 내적인 상태와 감정을 조절하고 치유와 성장을 끌어낸다.

자신의 감정을 진솔하게 드러내는 것이 가끔은 어려울수 있다. 하지만 그런 감정을 인정하고 다루는 것이 트라우마를 극복하고 삶을 더 풍요롭게 만들 수 있는 첫걸음이다. 내 경험도 그랬다. 어렸을 때 겪은 상처와 상처에서 벗어나기 위해 자신에 대한 이해와 연결이 매우 중요하다.

어린 시절 상처는 내가 다른 사람들과의 관계를 형성하는 데 어려움을 겪게 했다. 하지만, 지금은 그런 상처를 다루며 성장하고 있다. 내 안에 억압된 감정과 고통을 바라보며, 어린 시절의 자신을 이해하고 위로하는 과정은 치유에 중요한 역할을 했다. 트라우마는 우리가 무의식적으로 채택한 자기 보호 전략에 기인한다. 이를 인식하고 이해하는 것이 우리의 삶을 바꾸는 첫걸음이다.

더불어, 이런 감정을 솔직하게 표현하는 것도 중요하다. 상처를 숨기거나 부정하는 것은 해결책이 아니다. 제대로된 연결은 우리가 서로를 받아들이고 이해하는 과정에서 이루어진다. 이런 과정은 때로는 어려울 수 있지만, 우리가 그 안전한 공간을 만들어가는 데에 주저하지 않는다면 서로를 이해하고 치유할 수 있다.

트라우마를 이겨내고 세상과 연결되는 것은 단순한 과정이 아니다. 그러나 그 과정에서 우리는 자유로워지고, 더 깊은 관계를 형성할 수 있다. 그래서 나는 더욱 적극적으로 과거의 상처 입은 아이를 돌보고 있다. 이런 과정을 통해 나는 나를 받아들이며, 삶을 즐기며, 진정한 연결을 찾아가고 있다.

감정을 잘 아는 사람의
관계는 다르다

몇 해 전 김영하 작가가 출연한 TV 프로그램을 봤다. 예전에 글쓰기 과제를 내줄 때 '짜증 난다'의 사용을 금지했다는 내용이었다. 이유는 일반적인 사람들은 자신의 감정을 잘 들여다보지 못한다고 한다.

그런데, 소설을 통해 비로소 자신의 감정을 언어화하여 알 수 있게 된다는 것이다. 그래서 작가는 감정을 섬세하게 표현하는 훈련 해야 한다고 했다.

우리가 감정이 무엇인지 이해하지 못하면 어떤 어려움이 생길까? 우리는 우리의 욕망과 충동을 알아채지 못한다. 보통 욕망과 충동은 무의식적이다. 프로이트는 인간의 의식을 빙산으로 나타날 때 수면 위에 드러난 것보다 아래 있는 숨겨진 어마어마한 무의식의 존재를 강조했다.

그런데, 우리는 왜 무의식을 억압하고 부정할까? 아마도 대부분의 욕망은 밖으로 그대로 내놓기에 부끄럽기 때문이다. 만일 온전히 나의 욕망을 허용하면 자제력을 잃어버릴지도 몰라서 두려울 수 있다. 하지만, 욕망은 누를수록 더욱 커진다.

단지, 나의 욕망과 내가 원하는 것을 정확하게 이해할 때만 잘 다룰 수 있다. 그래야 잘못되고 당황스러운 행동할 가능성이 줄어든다.

감정을 인식하고 받아들이는 것은 관계에서 매우 중요한 부분이다. 하지만, 사람들에게 지금 느끼는 기분이나 감정에 관해 물어보면 대답하지 못하는 경우가 많다. 사실, 마음의 문제는 이를 정확하게 알아차리는 것만으로 해결책을 찾을 수 있다.

만일 우리가 관계적인 어려움을 겪고 있다면, 가장 먼저 자신의 마음과 감정, 생각을 자세히 살펴보는 것이 중요하다. 그리고 상대가 나에게 어떤 의미가 있는지 확인하는 것도 중요하다.

전통적인 심리치료는 관계에 어려움을 가진 사람들에게 자신에 대한 내적 통찰력을 얻으면, 다양한 관계에서도 이를 활용하여 더욱 건강한 방식으로 관계를 맺을 것이라 가정했다.

하지만, 내가 경험한 내담자들은 이런 부분이 잘 적용되지 않았다. 한 사람이 꾸준한 상담을 통해 자신에 대해 이해하고, 욕구를 알아차리고 표현할 수 있게 되면 거기서 관계가 끝나는 경우가 많았다. 한 사람은 상담을 통해 성장하였지만, 다른 한 사람은 여전히 자신의 욕구와 상처를 인지하지 못한 상태로, 새로운 관계를 위한 안전한 대화가 이뤄지지 않았기 때문이다.

이를 해결하기 위해 하빌 헨드릭스(Harville Hendrix)와 헬렌 라켈리 헌트(Helen LaKelly Hunt)는 이마고 관계치료(Imago Realationship Therapy)를 개발했다. 이 치료법에서는 관계의 바깥에 일어난 일과 두 사람 사이에 일어나는 일에 초점을 맞추라고 강조한다.

즉, 커플의 상호작용적인 행동을 변화시켜서 서로가 연결되는 경험 하고, 의식적인 사고를 통해 새로운 관계를 만들 수 있다는 것이다. 여기서 가장 중요한 것은 어떻게 대화하느냐이다.

과거에는 남편이 술을 마시고 늦게 집에 들어오면 소리를 질렀다. 피곤함을 참고 남편이 올 때까지 눈을 떴고, TV와 시계를 노려보며 반복적으로 전화했다. 그러나 남편의 귀가는 더욱 늦어졌고, 어느 순간 내 전화를 받지 않았다. 이런 상황이 거듭되며 우리 관계는 불안해지고 불편해졌다. 나는 돌이킬 수 없는 상황이 될까 걱정되어 커플 치료를 배웠다.

이후에도 남편과의 대화가 쉽지 않았다. 남편은 내가 심리치료사라는 사실 때문에 자신을 훈계하고 바꾸려 한다고 생각했다. 그래서 대화를 시작하기 전에 남편이 안전하다고 느낄 수 있도록 최대한 노력했다. 남편의 말을 경청하고 받아들이며, 제대로 이해했는지 확인하며, 그의 경험을 인정했다. 이러한 과정을 통해 남편은 마음을 열고 솔직한 감정을 표현할 수 있게 되었다.

그리고 나는 남편에게 내 감정을 솔직하게 표현했다. 남편이 내 전화를 받지 않으면 불안해지고, 위험한 상황인지 알 수 없어 두려웠다. 그래서 언제든 준비 상태를 갖추고 있었다. 하지만, 연락이 닿지 않자 내 걱정과 두려움은 분노로 표현되었다. 이 대화를 통해 남편이 눈을 부릅뜨고 자신을 기다리는 나를 무서워했다는 걸 알게 되었다.

그런 상황을 피하고자 내가 잘 거 같은 최대한 늦은 시간에 들어왔다는 사실도 알게 되었다. 그런데, 남편의 이야기를 듣다 보니 남편의 행동이 이해되었다. 그러고 내가 마음 졸이고 화내며 보낸 숱한 밤이 허무하게 느껴져 한참을 웃었다. 그때 우리는 그 순간에 함께 존재하고 있었다.

우리는 단 한 번의 다른 방식의 대화로 우리의 부정적인 패턴을 멈췄다. 나의 행동과 표현 방식으로 인해 남편도 살기 남기 위해 나름의 방법을 고안한 불쌍하고 안타까운 사람으로 보였다. 그렇게 의미 없는 숨바꼭질은 끝이 났다.

남편은 솔직하게 말하기 전에 나에게 여러 번 맹세를 받았다. 내가 무슨 말을 해도 화내지 않겠다고 약속해달라고 했다. 난 남편의 마음이 너무 궁금했기에 기꺼이 약속하고 지켰다.

대화가 끝났을 때 남편에게 나의 과제를 위해 기꺼이 함께 해준 것에 대해 고마움을 표현했다. 이런 나의 행동은 또 다른 대화와 긍정적인 연결로 이어질 수 있었다.

관계를 회복하고 싶다면, 서로의 감정을 이해하고 받아

들이는 것이 중요하다. 특히, 대화할 때 부정적인 감정을 배제해야 한다. 그리고 각자가 느끼는 감정과 생각을 알아차리고 솔직하게 표현해야 한다.

사람들 사이 공간이 안정적이면서도 예측 가능해진다면, 우리는 모두 즐겁게 연결될 수 있다. 우리는 경험하는 모든 감정에 열린 자세로 받아들여야 한다. 온전히 감정을 인식할 때 나의 숨은 진짜 감정도 보인다.

그렇게 할 때만 진정으로 나를 포함한 나와 관계를 맺고 있는 사람들을 보호하게 된다. 새로운 관계를 위해서는 대화가 필요하다. 상대가 속마음을 터놓지 못하는 사람이라면 상대가 마음을 열 수 있도록 도와주자.

내가 듣고 싶은 말을 들을 수 있도록 상대를 도와주자. 나에게 진실이라 여겨졌던 것이 상대에겐 진실이 아닐 수 있으니 늘 열린 자세로 받아들이자.

어른의 기분관리법, 전문적인 심리치료와 셀프 치료 방법

전문가의 도움을 받아야 할 경우

1. 지속적인 부정적 감정

- 우울감, 불안, 스트레스 등의 부정적 감정이 지속되는 경우
- 일상생활에 지장을 주는 수준의 감정 문제가 있는 경우

2. 대인관계 어려움

- 가족, 친구, 직장 등에서 반복적인 갈등이 있는 경우

- 타인과의 소통과 관계 형성에 어려움을 겪는 경우

3. 행동 및 습관 문제

- 중독성 행동(도박, 인터넷, 알코올 등)이 있는 경우
- 자해, 폭력 등의 위험한 행동이 있는 경우

4. 외상 후 스트레스

- 사고, 폭력, 재난 등의 충격적인 사건을 경험한 경우
- 외상 후 지속적인 불안, 공포, 악몽 등의 증상이 있는 경우

5. 발달 및 진로 문제

- 정체성 혼란, 진로 선택 어려움 등의 문제가 있는 경우
- 학업, 직장 등에서 어려움을 겪는 경우

이러한 경우에는 전문가의 도움을 받는 것이 효과적이다. 전문가는 객관적인 진단과 체계적인 치료를 통해 문제를 해결하고 긍정적인 변화를 이끌어낼 수 있다.

전문가 상담의 장점은 다음과 같다

- 전문적인 진단과 치료로 문제를 효과적으로 해결할 수 있다.

- 지속적인 관리와 피드백을 통해 변화를 이끌어낼 수 있다.

- 복잡한 심리적 문제를 해결하는데 도움이 된다.

따라서 위와 같은 상황에 처해있다면 전문가 상담을 받는 것이 좋다. 자신의 상황을 잘 파악하고 적절한 도움을 받는 것이 중요하다.

어디를 가야할까?

사실 상담을 받으려고 마음먹었다 하더라도 누구를 찾아가야 할지 막막할 수 있다. 하지만 안타깝게도 누구에게나 통하는 치료법과 치료사를 추천하기 어렵다. 모든 증상은 모든 방법으로 치료할 수 있지만, 모든 사람에게 모든 치료법과 치료사가 맞는 것은 아니다.

따라서 최소한 우리가 확인할 수 있는 것은 공신력 있는 자격증을 가졌는지 확인하고, 나의 증상에 최적의 치료법을 제공할 수 있는 치료사를 찾아야 한다. 모든 치료사의 작업 방식과 치료 과정은 다르다. 그리고 치료사와 나와의 궁합이 치료의 성패를 좌우한다.

 그러므로 자신의 어려움을 편하게 이야기할 수 있는 편안하고 공감적인 카리스마를 가진 치료사를 찾는 것이 필요하다.

 한국에는 다양한 상담관련 자격증이 있어서 모든 자격증을 다룰 수는 없다. 대표적으로 정신건강의학과에서 상담을 받을 수 있다. 정신과 의사는 의학을 공부하고 심리질환에 대한 이해를 바탕으로 의약품을 처방한다. 병원에 내원하는 것의 장점은 약물과 심리치료가 병행될 수 있다는 점이다. 특히 의사선생님과 상담관련 자격증을 가진 전문가가 상주하는 곳이라며 믿을만한 협진이 가능하기에 정신과 약물과 함께 심리치료를 동시에 진행할 수 있다.

 또한, 정신건강임상심리사가 제공하는 상담이 있다. 아직까지 한국에서 국가가 공인하는 심리치료 면허가 없는 상태이기에 보건복지부 자격증인 정신건강임상심리사가 공신력 있는 자격이다. 정신건강임상심리사는 일정기간의 병원 수련을 통해 심리평가와 심리치료를 진행할 수 있다. 이에, 자신에 대한 심층적인 이해를 하고 싶을 때 이들을 찾아가면 심리평가와 함께 심리치료를 받을 수 있다.

한편, 대표적인 심리상담 자격증으로는 한국상담심리학회에서 취득 가능한 상담심리사와 한국상담학회에서 취득할 수 있는 전문상담사가 있다.

그밖에, 부부와 가족처럼 특정 대상을 중점적으로 다룰 수 있도록 돕는 치료기법에 대한 자격증과 다양한 정신질환을 다루는데 효과가 입증 된 치료 자격증도 있으니 본인의 필요에 따라 잘 살펴보고 나에게 맞는 치료사를 찾아보자.

당신에게 전문적인 심리치료사를 찾아가야 하는 경우와 책을 읽거나 혼자 자기를 치유하는 방법에 대해 설명하겠다.

전문가를 찾아갈 경우

장점

1. 전문적인 지식과 경험

전문적인 지식과 경험을 갖추고 있다. 이들은 각자의 분야에서 깊이 있는 학습과 훈련을 받았으며, 다양한 치유 방법을 활용할 수 있다.

2. 맞춤형 접근

개인의 상황과 필요에 맞춰 맞춤형 치료 계획을 제공한다. 이는 개인 및 부부와 가족의 치유에 효과적이다.

3. 심리적 안전

전문가를 통한 치유는 개인의 심리적 안전을 보장한다. 이들은 비판적이고 이해심 깊은 환경을 제공하여 개인이 안전하게 자신의 감정과 경험을 나눌 수 있다.

단점

1. 비용

전문가를 찾는 것은 비용이 많이 들 수 있다. 대부분의 심리치료는 일반적으로 보험으로 보상되지 않으며, 개인의 주머니에서 비용을 지불해야 한다.

2. 시간 제약

전문가의 일정과 나의 일정을 맞추기 어려울 수 있다. 치료를 받으려면 예약이 필요할 수 있다. 이는 일부 사람들에게 치료에 대한 접근성을 제한할 수 있다.

다만, 코로나19 이후 화상회의 프로그램을 활용한 온라인 상담이 늘어나고 있어, 공간과 시간적인 제약이 줄어들고 있다.

3. 신뢰 구축의 시간

신뢰 관계를 구축하는 데 시간이 걸릴 수 있다. 치료자와 내담자간의 라포 형성은 치료의 성패를 좌우하는 매우 중요한 부분이다. 만일 당장의 해결책이 요구되는 경우에는 코칭이나 해결중심상담을 추천한다.

책을 읽거나 혼자 자가 치유하는 방법

장점

1. 접근성

책을 읽거나 자가 치유하는 방법은 비교적 저렴하고 쉽게 접근할 수 있다. 대부분의 책은 온라인 또는 서점에서 구입할 수 있으며, 자가 치유 방법은 집에서 편안히 진행할 수 있다.

2. 자기 주도적

자가 치유는 개인이 자신의 속내를 탐구하고 자신만의 치유 방법을 찾을 수 있도록 도와준다. 이는 개인의 자기 인식과 성장에 도움이 된다.

3. 사생활 보장

책을 통한 자가 치유는 개인의 프라이버시를 보장한다. 자신의 감정과 경험이 다른 사람과 공유하지 않고도 치유의 여정을 걷을 수 있다.

단, 대부분의 트라우마 치료는 자세한 설명이나 내용에 치중하지 않고 치료 과정에 집중하니 이 부분에 대한 부담이 덜 할 수 있다.

단점

1. 전문 지식 부족

일부 책은 일반 독자에게는 이해하기 어려운 전문 용어를 사용할 수 있다. 이에 따라 자가 치유 과정이 복잡하거나 효과가 미비할 수 있다.

2. 개별화의 한계

책을 통한 자가 치유는 개인의 상황과 필요에 맞춤화되지 않을 수 있다. 따라서 모든 사람에게 효과적인 해결책이 될 수 없다.

3. 자가 진단의 위험

책을 통한 자가 치유는 종종 자가 진단의 위험을 수반할 수 있다. 개인이 자신의 문제를 과대 혹은 과소평가할 수 있으며, 이는 치유 과정을 방해할 수 있다. 특히, 트라우마 치료는 훈련 중인 치료사도 스스로에게 적용하는 것에 제한을 둔다.

이에 일반인이 책을 보고 적용하는 것은 증상을 악화하는 등의 큰 부작용을 유발할 수도 있다.

효과적인 셀프 치료 방법

1. 자기 이해와 자기 수용

- 자신의 감정과 행동을 이해하고 받아들이는 것이 중요하다.
- 자신을 있는 그대로 받아들이고 사랑할 수 있도록 자기를 수용하는 것이 필요하다.

2. 자기 돌봄과 자기 관리

- 규칙적인 수면, 운동, 식단 등 건강한 생활습관 형성
- 스트레스 관리, 휴식 취하기 등 자기 돌봄 실천

3. 긍정적 마음가짐 기르기

- 감사, 긍정적 자기 대화 등을 통해 긍정적 마음가짐 기르기
- 자신의 강점과 잠재력에 초점 맞추기

4. 사회적 지지 활용하기

- 가족, 친구, 전문가 등 주변 지지체계 활용
- 소통과 공감을 통해 관계 강화하기

5. 마음 챙김과 명상 실천

- 현재에 집중하고 자신의 감정을 인식하는 마음 챙김 실천
- 호흡, 걷기 등 다양한 명상 기법 활용

6. 자기 도움 자료 활용

- 다양한 증상과 치료에 대한 치료 안내서, 심리치료사들이 작성한 책, 온라인 리소스, 자기 치유 애플리케이션 등을 활용하여 자가 치유

- 독서치유(Bibliotherapy)는 책을 통해 심리적 치유를 하는 방법이다. 책을 읽고 자신의 감정을 이해하고 해결책을 찾는 데 도움을 줄 수 있다.

혼자하기 어려운 사람은 전문가가 함께하는 독서치유 모임에 참여하여 도움을 받을 수 있다. 이러한 셀프 치유 방법들은 개인의 상황과 필요에 따라 선택하여 실천할 수 있다. 특히 자기 이해와 자기 수용, 자기 돌봄이 가장 기본적이고 중요한 방법이다.

전문가의 도움을 받는 것도 좋지만, 스스로 노력하고 실천하는 셀프 치유 방법도 매우 효과적이다. 꾸준히 실천하다 보면 점차 긍정적인 변화를 경험할 수 있다.

온라인 플랫폼이 발전하면서, 양질이 강의들을 손쉽게 찾을 수 볼 수 있다. 나의 관심사에 대해 적극적으로 찾아보자. 또한, 혼자하는 것이 어렵다면, 다양한 챌린지에 참여하여 나와 유사한 노력을 하는 사람들과 교류하며 지지받는 것도 추천한다.

부록

글쓰기의
기본 원칙

1. 주어와 서술어를 맞추자

글쓰기에서 문장의 힘은 주어와 서술어의 조화로운 매칭에서 비롯된다. 서술어는 주어의 행동이나 상태를 설명하므로, 두 요소가 서로 일치할 때 문장은 명확하고 효과적이다. 예를 들어, "그녀는 책을 읽는다"에서 "그녀"는 주어이며 "읽는다"는 서술어다.

아주 쉽고 간단하지 않은가. 복잡한 문장에서도 주어와 서술어의 일치를 유지하는 게 중요하다. 이런 간단한 걸 놓치면 문장에서 비문(문법적으로 올바르지 않거나, 문장

구성이 불분명하여 의미 전달이 명확하지 않은 문장)이 발생 할 수 있는데 예시를 보자면 다음과 같다.

비문 예시 1: "책상 위에 있는 컴퓨터가 매우 빠르게 실행되어진다."

이 문장은 서술어 "실행되어진다"가 주어 "컴퓨터"와 일치하지 않는 문제를 가지고 있다. 컴퓨터가 "실행되다"라는 행동을 스스로 하는 주체로 보기 어렵기 때문이다. 더 명확한 문장은 "컴퓨터가 매우 빠르게 실행된다"가 될 것이다.

비문 예시 2: "그림 속에서 뛰노는 아이들이 행복해 보이는 것을 느낄 수 있다."

이 문장에서 "느낄 수 있다"는 서술어가 실제로 누구의 행동인지 명확하지 않아서 문제가 된다. "보이는 것을 느낄 수 있다"는 부분이 주어와 서술어 사이의 연결을 약하게 만든다. 더 간결하고 명확하게 바꾸자면, "그림 속 뛰노는 아이들이 행복해 보인다"가 적절하다.

비문 예시 3: "해변에서 일출을 보는 것은 사람들에게 평화로움을 가져다주는 것 같다."

여기서 문제는 "것 같다"는 서술어가 "일출을 보는 것"이라는 주어와 직접적으로 연결되지 않아서 생긴다. 문장이 불필요하게 복잡해지고, "것"이라는 단어의 반복 사용으로 인해 문장의 흐름이 끊어진다. 더 명확한 표현으로는 "해변에서 일출을 보는 것은 사람들에게 평화를 가져다준다"가 있다.

2. 남들은 내 이야기를 모른다

글을 쓸 때 자신이 겪은 경험이나 생각을 독자가 이미 알고 있다고 가정하는 오류를 범하기 쉽다. 이는 글을 읽는 독자가 글쓴이만큼 정보를 가지고 있지 않기 때문에 발생한다. 따라서 글쓰기 과정에서는 독자가 배경 지식이 없다고 가정하고, 자초지종을 명확히 제시하는 것이 중요하다. 이를 통해 읽는 독자는 이야기의 맥락을 이해하고, 글쓴이가 전달하고자 하는 바를 명확히 파악할 수 있다.

3. 글을 소리내어 읽는다

글을 소리내어 읽는 것은 자신의 글이 자연스럽고 명확하게 전달되는지 확인하는 효과적인 방법이다. 이 과정을 통해 어색한 문장 구조, 문법 오류, 불필요한 반복 등을 발견할 수 있다.

소리내어 읽기는 작가가 자신의 글을 객관적으로 평가한 다음에 개선할 수 있도록 돕는다. 흔히 출판사의 편집자들이 작가들의 원고를 수정할 때 사용하는 방법중 하나다.

4. 독서할 때 마음에 걸리는 단어, 문장을 찾는다

글 내용을 뭘 써야 할지 모를 때는 읽기를 실천해보라. 독서는 단순히 책을 처음부터 끝까지 읽는 행위에 국한되지 않는다. 때로는 특정 목적을 가지고 중요한 단어나 문장을 찾아낼 수 있다. 글쓰기가 어려울 때 소재를 찾거나 마음 속에서 설명할 수 없는 무언가가 있을 때 단서를 얻기 좋다. 나도 애용하는 방법이다. 예를 들어 기분 관리 방법론에 관심이 있다면 관련 키워드를 중심으로 책을 볼 수 있다. 이 방법을 통해 짧은 시간 내에 필요한 정보를 획득하고, 이를 마인드맵으로 정리하여 지식을 체계화할 수 있다.

5. 작은 목표로 시작한다

글쓰기가 부담스러운가? 그럴 때는 작게 시작하라. 하루에 한 페이지나 500자를 쓰는 것과 같은 실현 가능한 목표를 설정하면 된다. 카톡에 쓰는 글만 모아도 500자를 순식간에 넘길 수 있다. 2023년 7월에 메타(meta)에서 출시된 스레드(Threads)라는 플랫폼을 활용해서 가볍게 글쓰기를 시작할 수 있다.

이 과정에서 다른 사람들과 소통할 수 있고 플랫폼에서 설계된 알고리즘으로 인해 다양한 사람을 접할 수 있다. 이는 무엇을 뜻하는가? 바로 다양한 생각을 접해볼 수 있는 기회다. 당신의 생각에 공감하거나 반박하는 사람들이 있겠지만 그로 인해 다시 나의 생각에 대해 점검하게 되니 말이다. 물론 이게 부담스럽다면 일기로 대체해도 좋다.

◀
●
◆

감정
글쓰기

　나의 감정을 글로 쓴다는 건 가장 빠른 생각 정리를 위한 지름길이다. 간단하게 실천할 수 있는 방법 5가지를 제시하겠다.

1. 감정의 다양성 인식하기

　감정을 글로 표현하는 데 있어, 첫 번째 단계는 감정의 다양성을 인식하는 것이다. 우리가 일상에서 느끼는 감정은 '기쁨', '슬픔', '분노'와 같이 간단히 분류될 수 없을 만큼 복잡하다. 예를 들어, '기쁨' 안에는 성취감, 감사함, 안도감 등 다양한 감정의 색깔이 있을 수 있다. 이렇게 감정의 스펙트럼을 깊게 이해하고 탐색하는 과정은 글쓰기에 있어 깊이와 풍부함을 더해준다.

"새로운 프로젝트를 성공적으로 마치고 집으로 돌아오는 길, 나는 예상치 못한 기쁨을 느꼈다. 그것은 단지 성취에서 오는 기쁨이 아니었다. 오랜 시간 동안 품어왔던 불안과 의구심이 해소된 안도감, 팀원들과 함께 이룬 성과에 대한 감사함이 어우러진 것이었다"

이같은 문장은 감정의 다양성을 세밀하게 포착하고 있다. 이처럼 감정의 세밀한 차이를 인식하는 과정에서 표현하는 스펙트럼이 넓어진다.

2. 일상에서 감정 관찰하기

일상에서의 감정을 세심하게 관찰하고 기록하라.

"오늘 아침, 출근길에 갑자기 내리기 시작한 비에 처음엔 짜증이 났다. 그러나 비를 맞으며 걷다 보니, 어릴 적 뛰놀던 기억이 떠올라 오히려 마음이 편안해지고 기분이 상쾌해졌다. 그 순간 나는 짜증에서 시작된 감정이 어떻게 긍정적인 변화를 맞이했는지를 실감했다"

간단하고 '나도 쓸 수 있겠다', '나도 이런 적 있는데?'라는 생각이 들 수 있겠다. 혹은 '난 비 맞으면 별로..'라는 생각이 바로 떠오를 수 있다. 표현할 수 있는 단어는 한정 적이더라도 저마다 표현할 수 있는 글과 느끼는 감정은 다르다.

이를 위 예문처럼 간단하게 쓰는 게 시발점이다. 일상 속 작은 사건을 통해 경험한 감정의 변화를 세밀하게 포착하는 것. 이렇게 일상에서 느끼는 감정을 관찰하고, 그 원인과 변화 과정을 글로 표현하는 연습은 글쓰기에 깊이와 생동감을 불어준다.

3. 감정을 세밀하게 묘사하기

감정을 세밀하게 묘사하는 것은 나의 감정을 보다 깊이 이해하고 읽는 사람에게 공감할 수 있도록 공감의 공간을 만드는 역할을 한다.

"길을 걷다 우연히 들려온 익숙한 노래는 나를 갑자기 과거의 한 순간으로 데려갔다. 그 노래가 흘러나왔던 그 시절, 나는 막연한 두려움과 설렘으로 가득 차 있었다. 이제 그 노래는 나에게 달콤하고도 쓰린 추억을 불러일으키며, 가슴 한편이 뭉클하게 만든다"

감정을 구체적이고 세밀하게 묘사함으로써, 독자가 글쓴이의 감정을 보다 생생하게 느낄 수 있게 한다. 감정을 표현할 때는 구체적인 상황 묘사, 신체 반응, 내면의 변화 등을 함께 기술하여 감정의 뉘앙스를 풍부하게 전달하는 것이 중요하다.

4. 감정의 원인 탐구하기

감정 글쓰기에서는 단순히 감정을 나열하는 것이 아니라, 그 감정이 생기게 된 배경이나 원인을 탐구하는 것이 중요하다.

"친구와의 오랜 침묵 후 다시 시작된 대화는 나에게 많은 것을 깨닫게 해주었다. 나의 오해와 성급한 판단이 어떻게 우리 사이의 오해를 불러일으켰는지를 이해하게 되었다.

그 순간, 내 마음속 깊은 곳에 자리 잡고 있던 불안과 죄책
감이 조금씩 풀리기 시작했다"

　누구나 한 번쯤 겪어봤을 법한 일이다. 그렇기에 자신을
되돌아 볼 수 있고 그 과정에서 성숙한 어른이 될 수 있는
기회가 생기는 셈이다.

5. 감정 변화의 여정 기록하기

"한 주간의 명상 수련을 통해 내가 경험한 감정의 변화는
매우 극적이었다. 처음에는 명상의 침묵 속에서 불편함과
초조함을 느꼈지만, 점차 내면의 소리에 귀 기울이면서 마
음의 평온을 찾기 시작했다. 마지막 날, 나는 스스로의 생
각과 감정에 보다 깊이 몰입할 수 있게 되었고, 그 과정에
서 평온함과 자기 수용의 중요성을 깨달았다"

　이 예시는 감정 변화의 여정을 통해 내면의 성장과 변
화를 보여준다. 이러한 과정을 통해 독자는 글쓴이의 감정
변화를 함께 따라갈 수 있고 글쓴이도 그 과정에서 자신의
감정 변화에 대해 알아차릴 수 있다.

치유의
글쓰기

　먼저 이야기를 시작하기에 앞서 내가 2018년에 쓴 글과 2023년에 쓴 글 2개를 공유하겠다.

　엄마와 아빠는 내가 기억도 나지 않는 어린 시절에 이혼했다. 많은 사람들이 "자식 때문에 참고 산다"라고 말하며 결혼 생활을 유지한다던데, 우리 부모님에겐 해당되지 않는 말이었던 모양이다. 어릴 땐 그 사실이 야속했기에 원망의 화살은 자연스레 나를 양육하던 엄마를 향해 날아갔다.
　초등학생 때와 중학생 때는 가난한 게 세상에서 가장 싫었다. 친구들을 집에 초대하고 싶어도 좁고 냄새나는 집에 부르기가 창피했다. 친구들이 입고 다니는 메이커 옷과 신발은 꿈조차 꾸지 못했다. 1만 원도 안 되는 옷을 몇 년은 입은 것 같다.

당시 엄마가 나를 폭력으로 제압하는 건 더더욱 싫었다. 엄마가 많은 사람들이 보는 앞에서 날 때리고 머리카락을 뜯어서 수치스러웠던 적도 있다. "나는 좋은 부모가 돼야지…. 절대 저렇게는 안 될 거야." 이런 다짐만 굳히며 커 가면서 가난의 굴레에서 벗어나기 위해 성공에 집착했다. 간절함이 통해서였을까, 희망하는 대학교에 합격했다. 대학은 집과 멀리 떨어진 지역에 있었고, 나는 지긋지긋한 집을 벗어날 수 있다는 생각에 바로 자취 생활을 시작했다.

(중략)

엄마는 젊었을 때와 달리 약해 보였다. 얼굴과 손에는 주름이 가득했고, 손등은 부르터 거칠거칠했다. 우리가 함께 살던 집에 남아 아직도 혼자 지내는 엄마를 보니 안타까웠다. 나 하나 키우기 위해서 청춘을 바쳤는데, 내가 밉지 않았을까. 무자비하게 흘러가는 세월이 야속하진 않았을까.

어쩌면 나란 존재는 한 여자의 인생을 망친 것일지도 모른다, 그런 생각이 들자 엄마의 삶이 달라 보이기 시작했다.

- 책《오늘은 이만 좀 쉴게요》중에서

　여자는 아들을 22살의 젊은 나이에 낳았다. 아마 내가 교제했던 이성처럼 사랑받고 싶고, 뜨겁게 사랑했었을 것이다. 원하는 공부를 하며 회사 생활을 할 수도 있었을 것이다.

　취미로 좋아하는 그림을 그리며 일상의 즐거움을 누릴 수도 있었을 것이다. 사랑하는 남자에게 투정도 부려보며 젊음의 시간을 오롯이 자신을 위해서 쓸 수도 있었을 것이다. 충분히 선택할 기회가 있었을 것이다.

　그녀가 엄마가 된 날, 나를 보며 무슨 생각을 했고 어떤 기분이었는지 알 수 없다. 다만 입버릇처럼 말했던 "네가 아기였을 때는 말이다" 속에서 아들에 대한 사랑으로 가득했다고 조심스레 추측할 뿐이다. 그러나 젊은 엄마가 어린 아들을 혼자 키운다는 건, 돈이 없으면 초라해질 수밖에 없는 자본주의 사회에서, 그것도 낯선 나라에서 홀로 키운다는 건 어려운 일이다. 아니, 솔직히 나였으면 자신 없다는 생각이 들 정도로 힘겨웠을 것이다. 아들 하나 먹여 살리겠다고 자신의 청춘을 바쳐 양육하는 건 자연의 섭리라지만, 지금 사회에서는 보통 인간의 범주를 넘어선 위대한 일을 하는 것이다.

어린 아들은 지금에서야 회고한다. 무의미한 망상일지 모르지만 '나였으면 엄마처럼 할 수 있었을까?'라는 물음을 종종 나 자신에게 던져본다. 나는 솔직히 자신이 없다. 준비됐을 때, 더 능력이 됐을 때, 더 성숙해졌을 때, 더 좋은 사람이 나타났을 때 여러 이유를 붙여가며 나의 '자신 없음'을 스스로 정당화한다.

우리는 갑자기 인생을 살기 위해 아무런 준비가 되지 않은 상태로 던져졌다. 아마 부모가 된다는 것도 마찬가지일 것이다. 아무리 준비한들, 또는 공부한다고 하더라도 부모는 처음이니까. 엄마는 엄마가 처음이었으니까. 가진 것도 믿을 것도 자신뿐이었을 텐데, 어린 아들을 성인으로 키운 건 내가 죽을 때까지 존경하고 감사해야 할 일이다.

사랑한다는 말을 자주 하지 않아도, 그 마음과 행동에서 사랑받았음을 확인했다. 나를 낳은 것에 대한 후회가 없다는 말을 들었을 때, 나는 더욱 잘살아야겠다고 생각했다.

가족이 몇 없으니, 나 하나가 정말 잘 되어서 남은 삶을 더 행복하게 살 수 있도록 노력해야겠다고 결심했다. 그리고 내가 결혼해서 아이를 낳는 날이 온다면, 엄마가 보여준 사랑을 사랑하는 아내와 자녀에게 전해줘야겠다고 다짐하게 됐다.

부모와 자식의 관계, 참 어려운 편이다. 설령 사랑을 건강하게 받지 못했다고 할지라도, 지금 쓰는 이 글이 내 멋대로의 해석이라 할지라도 내 마음대로 해석하려 한다.

인간의 트라우마는 대부분 어린 유년 시절에 생긴다고 한다. 하지만 과거는 후회하면 후회할수록, 아파하면 아파할수록 스스로 자학하는 것밖에 되지 않는다. 철없던 시절, 엄마를 원망했던 나는, 그때의 엄마와 비슷한 나이를 넘어 더욱 시간이 지나서야 비로소 알게 됐다.

- 책《내가 그대를 사랑합니다》중에서

성장하는 동안 겪은 가족의 파탄과 가난은 트라우마로 남아 어른이 되어서도 내내 나를 괴롭혔다. 어린 시절의 아픔은 성인이 되어서도 쉽게 잊히지 않았고, 그 시절 엄마에 대한 원망과 분노가 많은 시간을 차지했다. 하지만 시간이 지나면서, 오해했던 것과 나의 감정이 모두 풀릴 때까지 충분한 시간을 가졌다.

엄마의 삶을 되돌아보며, 그녀도 한때는 젊고 꿈이 많았을 것이라는 사실을 이해하게 되었다. 엄마가 나를 키우기 위해 겪어야 했던 고난과 희생이 내게는 크게 와닿지 않았던 것이 사실이다.

이제는 그녀의 선택과 희생을 이해하고, 그녀가 겪어야 했던 아픔과 외로움을 조금이나마 공감할 수 있게 되었다. 위 글을 보면 알겠지만 감정의 변화와 이해하는 마음의 깊이가 시간 지남에 따라 달라진 것을 알 수 있을 것이다.

이제 나는 부모님을 향한 애증을 넘어서려 한다. 부모님이 주신 사랑을 기억하며, 그들도 완벽하지 않은 인간이라는 것을 받아들인다. 트라우마를 극복하는 과정에서, 부모님과의 관계를 새롭게 정립하는 것은 내게 큰 도전이었다. 하지만 내가 부모가 된다면 반드시 넘어서야 할 과제라고도 생각했다.

말그대로 치유의 글쓰기를 실천한 셈이다. 난 이것이 누구에게나 필요한 과정이라 생각한다. 지나간 아픔을 치유하고 미래를 향해 나아가는 것. 가족을 포함한 모든 인간

관계는 때로 복잡하고 어렵지만, 그 속에서도 사랑과 이해를 찾아내는 것이 우리가 할 수 있는 가장 값진 일이다.

대부분의 정서적 불안과 큰 상처의 원인은 과거의 감정들을 즉시 처리하지 못해 발생한다. 사건은 이미 끝났음에도 불구하고, 고통은 여전히 지속된다. 중요치 않은 감정들은 금방 다른 감정으로 대체되지만, 제대로 표현되지 않은 감정들은 마음속에 남아 상처가 된다. 이런 마음의 가시는 실수로 건드리기만 해도 극심한 아픔을 유발한다.

너무 당연한 말이다. 삶에 고통은 기본값이다. 피할 수 없다. 그럼에도 불구하고 극심한 아픔을 언젠가는 극복해야만 한다면 건강한 식습관에 규칙적인 운동을 할 것. 감정적으로도 안정적이 되도록 노력하고 소중한 사람들과 즐거운 시간을 보내는 것. 위기가 들이닥쳤을 때도 침착함을 유지하려 노력해보자.

말이 쉽지만 도전해서 해내고 본인이 변화를 느낀다면 그건 성취다. 더 나아가 성취의 기준은 계속 달라질 것이다. 나이 25세 만족하던 게 35세가 되면 그 매력이 떨어지고 35세에 억만장자를 꿈꾸는 사람도 45세가 되면 내적 평안을 추구할지도 모르는 일이다.

명확한 방향성을 가지고 가는 이에게는 한 번 되짚어볼

수 있도록, 과거의 나처럼 자꾸 과거를 바라보게 하는 이에게 지금 이순간 읽은 글이 '어떤 계기'가 되었기를 바란다.

위대한 경멸의
순간을 맞이하라

영화 '해리포터' 시리즈를 보면 주인공 해리에게는 다른 누구도 가지지 못한 능력과 문제가 있다. 그는 어둠의 마법사 볼드모트와의 연결고리 때문에 뱀과 소통할 수 있는 파셀텅이라는 드문 능력을 지니고 있다. 이는 해리가 어둠의 힘과 가까운 존재라는 것을 의미하며, 때로는 그 자신을 의심하게 만든다. 하지만 해리는 이 어둠의 능력을 긍정적으로 활용하여, 여러 번의 위기에서 벗어나고 동료들을 구한다.

해리와 친구들을 보면 학교 규칙을 어길 때가 있지만 이런 행동은 표면적으로 비판받을 수 있다. 하지만 규칙만 준수했다면 이들은 영웅이 되지 못했을 것이다.

심리학의 대가 조던 피터슨이 남긴 말이다.

"토끼는 선한 존재가 아니다. 잡아 먹히는 것 이외에는 할 줄 아는 것이 없을 뿐이다."

당신이 무해한 존재라면 그 무엇도 지킬 수 없다. 자기 자신도 소중한 가족도 말이다. 해리는 문제가 많았지만 상처도 많고 그 안에 분명히 악함도 존재했다. 하지만 목표를 위해서라면 규칙을 위반해야 하는 정당한 이유가 존재했다.

위 내용만 봤을 때 자신의 성격을 일상적인 영역에서 친숙하지 않은 차원으로 확장해야 하기에 끊임없는 자아성찰과 여러 담론이 필요할 것이다. 내가 전하고자 하는 바는 적어도 자기 몫을 매번 타인에게 양보를 매번 하면서 우호적으로는 살지는 말자는 얘기다.

정신과에 내담하는 사람들은 대부분 상처를 준 사람보다 상처 받은 사람이 압도적으로 비중이 많다고 한다. 내원하는 이들의 대표 성향 중 하나가 너무 다른 사람에게 우호적인 것을 짚어서 말했다.

자신의 생각을 주장하는 법을 모르기에 늘 양보하고 속으로 쌓아두었다가 억울함을 많이 느낀다는 것이다. 연민의식이 강하기에 협상 하게 되면 남이 이기도록 내버려둔다.

‘No’라고 말해라. 당신의 시간, 관심, 에너지를 요구하는 사람에게 말이다. 자신의 목표, 원하는 삶을 위해 사용할 수 있는 자원을 보호하라. 이것은 일론 머스크가 가장 실천했던 것 중 하나다. 그의 ‘No’라는 대답의 반대 저편 너머에는 자신의 원하는 목표를 향한 강력한 ‘YES’가 있었다.

위대한 경멸의 순간을 맞이하라. 모든 걸 잃고 나서 후회하면 늦는다.

그들에게 초인을 가르치려 하노라. 인간은 극복되어야 할
그 무엇이다. 그대들은 자신을 극복하기 위해 무엇을 했는
가? 지금까지 모든 존재는 자신을 넘어서 그 무엇인가를
창조해 왔다. 그런데도 그대들은 이 거대한 밀물의 한가운
데서 썰물이 되기를, 자신을 극복하기보다는 동물로 되돌
아가기를 원하는가?

중략

형제들이여 말해다오, 그대들의 몸이 그대들의 영혼에 대
해 무엇을 알려주는가를. 그대들의 영혼 자체는 빈곤함과
더러움과 가련하기 그지없는 안일함이 아니던가? 그렇다.
인간은 더러운 강물이다. 그러므로 우리는 먼저 바다가 되
어야 한다. 더러워지지 않으면서 더러운 강물을 받아들이
려면.

보라, 나는 그대들에게 초인을 가르친다. 초인은 바다이
며, 그대들의 커다란 경멸은 그 속으로 가라앉을 수 있다.

그대들이 체험할 수 있는 최대의 것은 무엇인가? 그것은 위대한 경멸의 순간이다. 그대들의 행복, 마찬가지로 그대들의 이성과 그대들의 덕이 역겨워지는 순간이다.

《차라투스트라는 이렇게 말했다》 중에서

대상이 주로 타자이지만 때로 자기 자신이 되기도 하는 감정, '자기혐오'가 들때면 기억하라. 더러운 강물과 같은 역경이 밀려와도 거뜬한 거대한 바다가 되어라. 어떤 바람에도 흔들리지 않는 나무처럼 뿌리를 깊게 내려라. 세상을 밝게 비추는 태양이 되어라. 오늘의 태양이 지더라도 내일 다시 떠오르리라 다짐하라.

우리가 소중한 것을 잃었을 때, 선택의 결과가 우리를 실망시켰을 때, 그리고 우리 자신을 보잘것 없게 느낄 때, 우리는 그 모든 감정을 거대한 바다 속으로 가라앉힐 수 있다. 바다는 더러운 강물을 받아들여도 그 자체의 순수함을 잃지 않는다.

우리 역시 우리 안의 부정적인 감정과 경험을 받아들이면서도, 우리 본연의 가치와 잠재력을 유지할 수 있다. 저마다 속한 일상 속에서 작고 큰 협상을 통해 만족스러운 대화를 하기 바란다. 전장 같은 현실을 살고 있다면 그 길의 끝에 얻는 결과를 훌륭히 쟁취하기 바란다.

독자님의 삶에 행운과 축복이 가득하길 바라며, 어른으로서 대한민국을 살아가는 모든 이에게 이 글을 바친다. 마지막으로 나와 무덤까지 함께 가기로 약속한 와이프에게 감사의 마음을, 이 책이 나올 수 있도록 함께 해주신 공동 저자분들에게 경의를 표하며 이 책을 마친다.

어른의
기분 관리법

감정에 휘둘려 손해 봤던 어른을 위한 조언

초판   12쇄 발행 2024년 2월 14일
편 집   손힘찬
디자인   엄지언, 서승연
발행처   어센딩
이메일   ascending1992@gmail.com

정가   16,800원
ISBN   979-11-987540-0-4 03810